KB191176

악녀서

악녀서

惡女書

천쉐 소설 김태성 _{옮김}

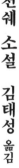

글항아리

| 일러두기 |
- 본문 하단 각주는 옮긴이의 부연 설명이다.

칭慶과 U에게 이 책을 바친다

신판 자서

소
설
의 운
명

나의 첫 소설집 『악녀서』는 1995년에 출판되어 몇 년 뒤 절판되었다. 하지만 일찌감치 절판된 이 책은 끊임없이 나의 '대명사'가 되어갔고 나를 연구하는 수많은 학생과 학자, 평론가들이 반드시 언급하는 대표적인 서목이 되었다. (심지어 유일한 서목이 되기도 했다.) 첫 번째 작품이 대표작이 된 것은 소설가인 나로서 웃어야 할 일인지 울어야 할 일인지 알 수 없었다. 나는 사람들이 나의 다른 작품들도 읽고 연구해주기를 간절히 기대했다.

　불과 몇 년 전인 2000년에 있었던 일이다. 당시 나는 이미 네 권의 소설을 출간했지만 서점에서는 하나도 찾아볼 수 없었다. 악명 높은 『악녀서』는 타이베이에서 가장 큰 서점인 청핀誠品서점에서도 찾아볼 수 없었다. 심지어 우리 집에도 내가 쓴 책들이 없었다. 갖가지 기괴한 연고로 초기 작품들은 대부분 운명이 좋지 못해 절판되고 말았다. 당시 나는 종종 혼란에 빠졌다. 아직 시골에 살고 있던 나는 처리할 업무가 있지 않으면 인터넷을 하지도 않고 좀처럼 문밖에 나가지도 않았다. 신문이나 잡지도 거의 보지 않았다. 문단의 사정에 대해서도 아는 게 전혀 없었다. 하지만 서점 구경을 할 때마다 몹시 괴로웠다. 수많은 사람이 내 책을 좋아해주고 적지 않은 사람이 내 작품에 관해 토론을 벌이고 있는 듯했지만(그들이 어떤 사람인지 확실히 알지는 못했다) 나는 작품이 하나도 없는 작가 같았다.

나는 '존재하지 않는 작가'였다. 대부분의 시간을 나는 줄곧 내가 소설을 써온 행동이 스스로 미치광이임을 증명하는 표식이라는 느낌으로 살았다.

『악녀서』가 출판된 뒤로 수많은 표식이 내 어깨 위로 무겁게 쌓여갔다. 나는 반박하지 않고 해명하지도 않았다. 인정하거나 반박하면 더 많은 오해를 불러일으킬 수 있기 때문이다. 나는 내 성적 취향을 한 번도 회피한 적이 없다. 나는 동성애자다. (모두가 이 단어의 배후에 담긴 의미를 기억한다면 그렇다.) 나는 확실히 수많은 동성애 및 사회운동에 적극적으로 참여했고 독자나 평자들이 자기 마음에 따라 내 작품들을 해석할 것이라고 믿어왔다. 나는 도망치면서 발언할 필요가 없었다. 하지만 솔직히 말해서 대부분의 시간에 내가 머릿속으로 생각한 일은 어떻게 계속 소설을 써나갈 것인가, 어떻게 자신이 쓰고자 하는 소설을 쓸 것인가 하는 것이었다. 내가 흥미를 갖는 제재는 무엇이든 소설의 형식으로 표현해내고 싶었다.

여러 해가 지나서야 수많은 일이 하루아침에 이루어진 것은 아니며, 한때를 풍미하는 책이 일시적으로 한 작가의 성취를 상징하기도 하지만 그 작가가 영원히 안심하도록 하는 것은 아님을 깨달았다. 작가가 무엇을 쓰든 간에 많은 사람이 분주하게 이런저런 해석을 가할 것이고, 작가의 견해에 찬동하는 사람과 반대하는 사람이 있을 것이다. 그 작가를 좋아하는 사람도 있고 싫어하는 사람도 있을 것이다. 하지만 작가는 이런 반응을 통제할 수 없고 마음에 담아둔 채 고민할 필요도 없다. 작가는 말을 많이 하는 것보다 많이 쓰는 것이 더 바람직하다. 말은 사라지지만 작품은 남기 때문이다. (절판된다 해도 언젠가는 다시 출간될 수 있다.) 내가 이런 이치를 깨닫는 데 10년이라는 세월이 훌쩍 흘러가버렸다.

이 10년 동안 나는 네 권의 장편을 썼고 네 권의 단편, 여행기 한 권을 썼다. 제재는 모두가 가장 잘 아는 '여성 동성애'와 '여성 성욕' '정신질환' '외상外傷' 등에서 최근의 '계급'과 '가족관계'에 이르기까지 다양했고 다루고자 한 영역도 어지럽고 복잡해 일정하게 유형화하기가 어려웠다. 나는 정신질환에 관해서도 쓰고 신체 장애에 관해서도 썼다. 야시장 노점에서 물건을 사라고 외치는 사람뿐 아니라 색정산업에 종사하면서 생계를 유지하는 사람들에 관해서도 썼다. 정신적으로나 신체적으로 경계선에 있는 다양한 사람에 관해 썼다. 내 머릿속에는 쓰고 싶은 것이 가득했다. '사람이 담긴' 이야기를 끊임없이 써내려가고 싶었다. 내 작품을 진지하게 읽은 이들은 내가 관심을 갖는 주제가 단일 '의제'가 아님을 알아차렸을 것이다. 확실히 나는 나 자신을 어떤 울타리나 틀에 가두는 것을 싫어한다. 나는 남들이 한결같이 나를 욕정과 동성애를 주제로 글 쓰는 사람이라 여기는 것이 지겹다. 나를 향토사실주의 작가라고 단정하는 것도 마음에 들지 않는다. 나는 그저 소설가로서 줄 곧 편견과 오명에 대항해왔을 뿐이다. 그리고 이 세상에 '진실한' 사람이 하나의 유형으로만 존재한다고는 믿지 않는다. 나는 나라 는 사람과 내 작품에 대해 어떤 고식적이고 판에 박힌 인상을 갖고 이를 퍼뜨리는 이들에게 대항하는 가장 적절한 방법은 해명이 아니라 더 많은 작품을 쓰는 것이라고 생각한다. 나는 항상 이미 써놓은 작품에 만족하지 못한다. 마음속으로는 내가 쓴 작품이 아니라는 생각이 들 때도 있다. 내게는 모든 글쓰기가 나 자신에게 익숙하고 잘 구사할 수 있는 기교와 제재를 포기하고 완전히 새로 시작하는 학습의 기회였다.

그래서 계속 쉬지 않고 소설을 쓰고 있는 것이다.

사실 이 일은 아주 길고 고통스러운 과정이다. (하지만 나는 이것이 진지하게 글 쓰는 사람들이 반드시 거쳐가야 하는 마음의 길이라고 생각한다.) 『악녀서』에서 『천춘톈陳春天』에 이르기까지 나는 첫 책부터 온갖 관심과 논쟁을 유발했다. (이런 논쟁은 여전히 끝나지 않고 있다.) 그러나 아홉 권의 소설을 쓰고 나서야 모두 내가 '어떤 의제를 조작하는' 것이 아니라 정말 '진지하게 소설을 쓰고' 있다는 사실을 믿게 되었다. 그리고 앞으로도 나는 이렇게 진지한 글쓰기를 이어나갈 것이다.

10년이 지난 지금, 서점에서는 얼마든지 내 책을 살 수 있고 나도 각종 사인회나 좌담회, 퀴어운동 현장에 나가 직접 열정적인 독자들을 만날 수 있게 되었다. 나는 이미 존재하지 않는 작가가 아니다. 나는 마구 흔들리는 걸음으로 자신을 향해 내가 계속 글을 쓸 수 있다는 것을 증명했다. 어떤 표식이나 의제 따위는 애초에 중요하게 염두에 둔 게 아니었다.

그런데 왜 10년 전에 출간된 책을 다시 출판하는 걸까?

이 책은 일찌감치 절판되어, 시중에 돌아다니는 것은 대부분 복사판이고 더 많은 각종 동성애 혹은 비동성애 소설집이 약속이나 한 듯이 내가 가장 먼저 발표한 「천사가 잃어버린 날개를 찾아서」를 선정하여 수록하고 있기 때문이다. 업무상의 소홀함 탓에 나는 영문으로 가득한 그 빽빽한 계약서를 자세히 살펴보지 않았고 서로 다른 두 권의 영문 선집에는 서로 다른 번역으로 이 작품을 수록하고 있었다. 독자들은 수시로 내게 편지를 보내 『악녀서』와 절판된 나의 또 다른 작품들을 사고 싶다고 말하곤 했다. 징징서고晶晶書庫 서점 주인인 아저阿哲는 내게 "적지 않은 독자가 서점으로 직접 돈을 보내오면서 책 좀 구해달라는데 이걸 어떻게 처리해야 할지 모르겠다"고 털어놓기도 했다. 일부 젠더 연구 학자들은 다른 나라에서 '합법적인' 『악녀서』 원고를 살 수 없느냐고 물어오기도 했다. 나의 충실하고 열정적인 독자들은 헌책방을 뒤지기도 하고 친구에게서 빌려 읽기도 했다. 어떤 이들은 심지어 도서관에 가서 '훔치기도' 했다.

긴 시간의 세례를 거치면서 나는 『악녀서』가 나 자신에게, 내가 존재하는 사회와 1990년대의 전 지구적인 젠더 연구에 여전히 일정한 의미를 갖는다는 사실을 깨달았다. 『악녀서』에 대한 관심과 논쟁은 내게 개인적으로 초조감을 유발하긴 했지만 글을 계속 써 나가도록 엄청난 힘을 주기도 했다. 한 소설가의 첫 번째 작품이 이처럼 선명한 기치를 내걸었던 것에 대해서는 분명 애증이 교차했을 것이다. 하지만 지금 나는 더 많은 작품으로 더 다양한 목소리를 내고 있다. 그리하여 출판사와 내가 받은 신호는 수많은 독자가 어떻게든 이 책을 읽고 싶어한다는 것이었다. 이러한 독자들의 열정과 성의를 우리는 무시할 수 없었다. 그래서 이 책을 재출간하기로 결정한 것이다.

과거에 내가 글쓰기 경선에 참가해 이 작품을 발표하며 출판하는 과정은 무척 험난했고 상상도 못 한 논쟁으로 가득했다. (이런 도덕적 논쟁 때문에 나는 결국 상을 받지 못했고 심지어 출판 과정도 순조롭지 못했다.) 출판 이후에도 작품에 대한 포폄이 끊이지 않았고 애초에 책을 랩으로 싸고 '18세 이하 열독 금지'라는 스티커를 붙이는 출판 및 판매 방식조차 상업적 조작을 이용한 영업 수단으로 인식되었다. 대부분의 사람은 이 책이 여성들 사이의 정욕에 대한 묘사를 너무 많이 담고 있어 하마터면 출판되지 못할 뻔했다는 사실을 알지 못했다. 랩을 씌운 것도 영업용 수단이 아니라 오히려 순수를 가장하기 위한 몸짓이었다고 하는 게 옳을 것이다.
또한 책에 수록된 양자오 선생의 글도 논쟁의 초점이 되었다. 수많은 평론가가 양자오 선생의 글에 대해 갖가지 다른 의견을 제시했다. 이 글에 대한 내 생각을 묻는 사람도 적지 않았다. 그럴 때마다 단호하게 "나는 소수의 유명 인사들이 글을 써주긴 하나 추천사는 쓰지 않는 그런 작가입니다"라고 말했다. 물론 당시에도 내가 주도적으로 이 글을 요구한 것은 아니었다. (당시에는 아는 작가가 전혀 없었다.) 이런 의견을 얻을 수 있으리라고 예상하지도 못했다. 신판을 내면서 구판에 실었던 네 편의 소설과 양자오 선생의 글, 그리고 당시의 후기를 그대로 싣기로 했다. 구판에서 단 한 글자도 고치지 않기로 한 것이다. 개인적으로 양자오 선생의 글에 완전히 동의하는 것은 아니지만 장기간에 걸친 여러 독자의 연구와 토론에 이 글이 항상 언급되었기 때문이다. 『악녀서』가 이미 나 자신의 작품이 아니라 토론에 참여했던 모든 독자의 작품인 것 같다는 생각이 들었다. 그래서 이 책에서도 옛 모습이 그대로 다시 나타나주기를 기대했다.

이 자리를 통해 잉크 출판사의 추안민 사장님과 장이리 주간님께 감사의 뜻을 전하고 싶다. 두 분은 지난 10년 동안 내 글쓰기 생활에 온갖 지지를 아끼지 않았다. 『악녀서』의 절판으로 두 분과의 교류도 잠시 끊겼지만 마침내 다시 출판해주셔서 큰 위로를 얻었다.
지난 10년 동안 사방으로 이 책을 찾아다닌 독자들에게도 감사의 마음을 전하고 싶다. 그분들의 열정 덕분에 이 책이 다시 출간될 수 있었다.

앞으로 모두 큰 관심을 갖고 있는 갖가지 문제에 대해 더 많은 작품으로 천천히 답변할 것을 약속드린다.

1.

천사가 잃어버린 날개를 찾아서

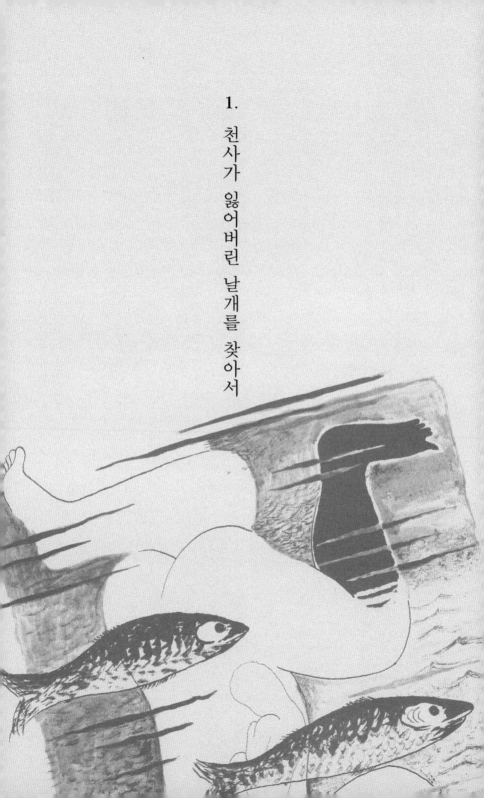

처음 아쑤阿蘇를 만났을 때, 그녀와 내가 같은 유형이라는 것을 한눈에 확인할 수 있었다.

우리는 둘 다 날개 잃은 천사였다. 우리 눈은 비상을 갈망했다. 그래야 일정한 고도에 도달할 수 있기 때문이다. 맨발은 뜨겁고 단단한 대지 위를 걸었지만 인간에게 마땅히 있어야 할 방향을 잃어버렸다.

*

어두운 방에 가로등 불빛이 창문 유리를 통해 약간의 빛을 뿌려주었다. 아쑤의 벗은 몸이 희미하게 빛을 발했다. 그녀가 팔을 내 어깨 위에 올려놓고 고개 숙여 나를 응시했다. 나보다 머리 하나 정도 높은 곳에서 반짝반짝 빛나는 두 눈이 쉴 새 없이 팔딱거리는 불빛을 태우고 있었다……

"차오차오草草, 나는 너에게 약으로도 구제할 수 없는 욕망을 갖고 있어. 네 몸속에 대체 어떤 비밀이 감춰져 있는 거지? 나는 너를 알고 싶고, 너를 맛보고 싶고, 너에게로 들어가고 싶어……"

아쑤의 낮고 쉰 목소리가 천천히 내 귓가에 전달되었다. 현기증이 나는 것을 어떻게 할 수 없었다…… 그녀는 하나하나 내 옷 단추를 풀기 시작했다. 블라우스와 브래지어, 미니스커트를 벗겼다. 이어서 내 팬티가 백기처럼 그녀의 손가락 끝에 걸려 펄럭였다.

나는 알몸이 되어 그녀와 아주 가까운 거리에 있었다. 이 모든 것이 그녀를 처음 본 순간에 이미 다 결정되어 있었다.

그녀가 나를 가볍게 안았다. 내 눈이 그녀의 돌기한 젖꼭지를 향하고 있었다. 정말로 다른 사람들을 부끄럽게 만들기에 충분할 정도로 아름다운 젖가슴이었다. 그녀 앞에서 나는 아직 발육이 덜 된 소녀에 불과했다. 이렇게 보잘것없는 내게 무슨 비밀이 있을까?

내가 아쑤의 크고 부드러운 침대에 누워 있는 동안 그녀의 두 손이 내 몸 위를 마음껏 더듬으며 돌아다녔다. 주문을 외우듯 혼잣말을 하는 것 같았다.

"이게 차오차오의 젖가슴이구나.

이건 차오차오의 코네."

……

눈과 코, 입과 목을 거쳐 계속 아래로 내려갔다. 그녀의 손가락은 선녀의 마술지팡이 같아 건드리고 지나간 자리마다 환락의 전율이 일었다.

"차오차오의 젖가슴이군."

손가락이 젖꼭지 위에 가볍게 원을 그렸다. 가벼운 전율에 이어 따스하고 부드러운 조수가 밀려왔다. 아쑤의 입술이 따뜻하고 부드럽게 내 젖꼭지를 빨고 있었다.

마침내 그녀는 내 하체에 덥수룩하게 자라난 음모를 헤치고 한 겹 한 겹 음부를 벌려 열었다. 그렇게 한 걸음 한 걸음 내 생명의 핵심으로 다가왔다.

"눈물 냄새가 나네."

아쑤가 내 음부를 빠는 사이에 눈에서 눈물이 떨어졌다. 눈물의 소금기 속에서 나는 한 번도 경험해보지 못한 절정에 이르렀다. 고열에 시달릴 때 가위눌리는 것처럼 광적인 열기 속에서 정신이 혼미해졌다. 그 혼미함 속에서 나는 소리를 질렀고, 소리를 지르면서 점점 부서졌다.

나는 그녀가 미친 듯이 내 몸 안으로 들어오고 맹렬하게 내 생명을 가격하는 것을 느꼈다. 심지어 그녀가 내 모든 뼈마디를 꺾어버리려는 듯한 기분이 들었다. 그랬다. 그녀는 그랬다. 그녀는 여자라서 발기하고 사정하는 음경이 없지만 내 몸 가장 깊은 곳까지 들어와 어떤 음경도 건드리지 못할 깊이에 닿을 수 있었다.

*

나는 항상 꿈에서 엄마를 보았다. 엄마에게서 도망쳐 완전히 벗어난 뒤부터 그랬다.

고급 호텔의 디럭스 룸이었다. 홍갈색으로 염색한 그녀의 긴 머리는 마구 말리고 엉켜 있었다. 아이라인을 검게 칠한 눈은 야생의 빛을 발산하고 있었다. 그녀와 마찬가지로 요염하게 아름다운 여인들이 짙은 화장을 하고 브래지어와 팬티만 입은 채 방 안을 돌아다니며 뭔가를 먹고 담배를 피우고 목청을 한껏 올려 날카로운 목소리로 잡담을 나누고 있었다.

나는 푹신하고 커다란 원형 침대 위에 앉아 베개를 껴안고서 죽어라 손톱을 물어뜯고 있었다. 눈은 내 발 위의 짧은 양말만 내려다볼 수 있었다. 일 년 넘게 만나지 못한 엄마, 도대체 이게 어떻게 된 일일까? 그녀는 원래 아주 진한 검은색 긴 머리와 쌍꺼풀이 없는 가늘고 긴 눈을 갖고 있었다! 코는 그렇게 높았다. 나는 오른쪽 눈 옆의 쌀알만 한 검은 점을 알아볼 수 있었다. 하지만 이 여자는 이토록 낯설게 보였다. 그녀의 몸에서 풍기는 진한 향수 냄새와 홍갈색 머리칼 때문에 나는 울고 싶어졌다!

"차오차오, 착하지. 엄마한테 바쁜 일이 있어서 그러는데 혼자 건물 아래 음식점에서 비프스테이크를 먹고 영화를 보도록 해. 그렇게 놀다가 다시 엄마를 찾아오는 거야. 알았지?"

엄마는 내 머리칼을 어루만지면서 땋은 머리를 다시 잘 묶어주고는 5원(타이완달러)짜리 지폐를 손에 쥐여주었다.

막막한 마음으로 밖에 나간 나는 엘리베이터 앞에서 한 남자와 마주쳤다.

"아가씨 아주 귀엽네! 길 걸을 때 조심해요."

키가 아주 큰 양복 차림의 남자였다. 나는 그가 엄마의 방문을 여는 것을 보았다. 쾅 하고 문이 닫혔다. 문 안쪽에서 엄마의 웃음소리가 들려왔다.

나는 비프스테이크를 먹지 않았고 영화도 보지 않았다. 집으로 돌아오는 기차 안에서 끝없이 눈물만 흘렸다. 지폐를 쥔 손에 잔뜩 힘이 들어갔다. 귓가에 엄마의 웃음소리가 가득했다. 나는 뒤로 나는 듯이 사라져가는 차창 밖 풍경을 바라보았다…… 그렇게 알게 되었다. 나의 유년이 이미 끝났다는 것을.

그해에, 나는 열두 살이었다.

엄마 곁을 완전히 떠난 뒤로 나는 늘 꿈속에서 엄마를 만났다. 한 번 또 한 번, 꿈속에서였다. 기차는 항상 역에 도착하지 않았다. 내 눈물이 차창을 통해 밖으로 날아갔다. 탄식 같았다. 하늘의 구름은 불처럼 붉고 뜨거웠다. 그녀의 붉은 머리칼이었다.

*

"네 두 다리 사이에 신비한 계곡이 하나 있어. 극도로 민감해서 전율하기 쉬운 계곡이지. 샘물이 졸졸 잘 솟아나고. 그곳에 내가 죽도록 탐색하고 싶은 신비가 있어.

사랑하는 차오차오, 나는 너를 즐겁게 해주고 싶어. 여자가 어떻게 여기서 짜릿한 즐거움을 얻는지 알려주고 싶어."

아쑤가 손을 내 속옷 안에 집어넣고 비벼댔다. 다른 손에는 담배를 쥔 채 원고를 쓰고 있는 나를 향해 그윽한 눈빛으로 미소를 보냈다.

내 펜은 거의 안정을 찾을 수 없었다.

과거에 나는 줄곧 엄마를 사악하고 음란한 여자로 여겨왔다. 엄마가 미웠다. 내게 아빠를 잃게 하고 또 뜻밖에도 엄마에 대한 경애를 잃게 한 것이 미웠다. 내가 의지할 곳 하나 없이 방황하고 있을 때 엄마가 갑자기 얼굴을 뒤집고 낯선 사람이 된 것이 미웠다.

내가 이렇게 미워하고 있는데도 여전히 나를 예전처럼 부드럽게 대하는 것이 미웠다.

우연히 아쑤를 알게 된 뒤에야 나는 무엇을 음란함이라 하고 사악함이라 하는 것인지 알게 되었다. 뜻밖에도 그것은 내가 오랫동안 바라오던 것이었다. 엄마는 한 번도 사악하거나 음란하지 않았다.

아쑤는 내 마음속 욕망의 화신이었다. 나의 꿈이었다. 그녀가 대표하는 세계는 내 생명 속 쾌락과 고통의 근원이었고 나를 잉태하며 양육하는 자궁이었다. 배꼽에서 이탈한 뒤로 나는 자궁을 극도로 혐오하고 저주했지만 죽음 이후에 자궁은 오히려 나를 묻어줄 무덤이 되었다.

*

"나는 글을 써. 사랑하고 싶기 때문에."

나는 줄곧 내 몸 안에 닫힌 자아가 하나 숨겨져 있다고 생각해 왔다. 어떤 힘이 그걸 닫히게 한 것일까? 알 수 없었다. 그건 도대체 어떤 모습일까? 알 수 없었다. 내가 희미하게 느낀 것은 겹겹이 봉쇄된 무거운 상태와 불안한 소란, 그리고 내 왜곡되고 변형된 꿈속에, 내가 아주 허약할 때의 잠꼬대 속에, 깊은 밤 억제할 수 없는 고통 속에 드러나는 그 외롭지만 뭔가를 갈망하는 자신이었다.

나는 사랑을 원해. 하지만 내가 나를 찾아 회수하기 전까지는 그저 무능을 사랑하는 사람일 뿐이야.

그래서 글을 쓰는 거야. 글쓰기를 통해 잠재되어 보이지 않는 자아를 파내려고 시도하는 거야. 내 글쓰기는 마스터베이션 같은 글쓰기, 발광發狂 같은 글쓰기야. 글을 다 쓰고 나면 사정하는 것처럼 하나하나 찢어버리지. 파멸 속에서 성교할 때는 불가능했던 절정을 얻으려는 거야.

내가 처음으로 직접 찢어버리지 않은 소설은 『천사가 잃어버린 날개를 찾아서』였다. 아쑤가 나보다 한발 앞서 그것을 가로챘다. 아직 절반밖에 쓰지 못했을 때다. 나는 계속 써내려갈 생각이 없었지만 그녀는 이어지는 부분을 읽고 싶어했고, 다 읽은 뒤에는 나와 미친 듯이 사랑을 나누었다.

"차오차오, 꼭 완성해. 그리고 내게 살아갈 기회를 줘."

아쑤는 펜을 내 손에 쥐여주면서 실오라기 하나 걸치지 않은 몸으로 나를 안고는 가볍게 책상 앞 의자에 앉혀주었다.

"자신의 천재성을 두려워하지 마. 이게 네 운명이니까."

나는 악마의 가면을 쓴 천사를 보았다. 비틀비틀 더러운 진흙탕 위에서 몸을 일으켜 한 칸 한 칸 문자의 긴 사다리를 향해 파리하게 마른 두 팔을 뻗었다. 그렇게 앞으로, 또 앞으로 나아갔다……

*

일찍이 나는 무수한 남자의 품 안에서 뒤척인 적이 있다.

열일곱 살이 되던 그해에 나보다 열 살 많은 남자의 몸을 통해 성교를 알게 되었다. 나는 주저함 없이 그가 내 두 다리 사이로 삽입하게 해주었다. 말로 형용할 수 없는 아픔이 있긴 했지만 침대보

위의 붉은 흔적을 보는 순간 마음속에 강렬한 쾌감이 싹텄다. 일종의 보복의 쾌감 같은 것이었다. 엄마가 내게 준 갖가지 모순된 고통에 대한 복수였다. 마침내 나는 더 이상 울지 않을 수 있게 되었다.

처녀성을 잃은 뒤로 나는 해방되었다. 나는 무수한 남자의 품속에서 몸을 뒤척이며 이를 통해 보복의 방법을 확보했다고 생각했다……

나는 모든 젊은 여자아이가 갈망하는 녹색 고등학교 교복을 입고 있었고 귀밑까지 오는 단발머리를 유지했다. 엄마의 미모를 이어받았지만 엄마처럼 키가 크진 않았다. 그래도 갸름하고 날씬한 몸매는 엄마를 훨씬 능가했다.

옆에서 사람들이 보는 내 모습은 이처럼 싱싱하고 아름다웠다. 나를 좋아하는 남자아이들은 항상 내가 수정처럼 투명한 천사 같아 너무나 쉽게 자신들의 마음을 빼앗아간다고 말했다.

천사라고? 내가 나 자신의 위선적이고 착실하지 못한 외모와 엄마를 닮은 특징들을 얼마나 싫어하는지는 하늘만이 알 것이다.

내 학교 친구들은 그토록 어리고 순진했지만 나는 열두 살이 되던 그해에 이미 늙기 시작했다.

"맙소사! 넌 어째서 이렇게 아무런 느낌도 없이 태연할 수 있는 거니?"

내게 성교를 가르쳐준 남자가 사정하고 나서 이렇게 말했다.

그는 다시 한번 거칠게 내 몸 안으로 들어와서는 내 작은 젖꼭지를 매섭게 깨물면서 미친 듯이 나를 때리고 흔들어댔다. 그는 거칠게 소리 지르고 욕을 하고 애걸했다. 그러더니 결국 내 가슴 위에 엎드려 울기 시작했다. 몹시 당황해 어찌 해야 좋을지 모르는 어린

애 같았다.

"너는 악마야! 내가 이렇게도 널 사랑했는데 말이야!"

그는 빨갛게 부은 내 음부에 입을 맞추면서 다시는 나를 학대하거나 해치지 않겠다고 맹세했다.

나는 사실 내가 그를 학대하며 해를 입히고 있다는 것을 잘 알고 있었다. 얼마 후 그는 무능자가 되었다. 그는 내 음도에 가위가 하나 있어서 자신의 음경을 자르고 자신의 사랑을 매장하고 있다고 말했다.

가위라고? 그랬다. 내 음도에는 가위가 하나 박혀 있었다. 마음에도 그랬다! 그 가위가 나와 세상 모든 사람과의 연계를 끊어버렸다. 어떤 사람이든 내게 접근했다 하면 예외 없이 선혈이 낭자했다.

*

내가 처음으로 술집에 간 게 언제인지는 잘 기억나지 않는다. 어쨌든 극도로 무료한 밤이었을 것이다. 나는 물불 가리지 않고 어느 술집 안으로 걸어 들어갔다. 뜻밖에도 나는 그가 조제해주는 '블러디 메리'가 대단히 짜릿하고 맛있다는 것을 알게 되었다. 가게 안에는 쉴 새 없이 아주 오래된 재즈 음악이 흘러나오고 있었다. 손님들은 드문드문 흩어져 앉아 서로에게 일체 관여하지 않고 혼자서 자기 술을 마시고 자기 담배를 피웠다. 내게 다가와 "아가씨 춤 한번 추실래요?"라고 묻는 사람도 없었다. 물론 그 술집에는 춤추는 공간도 없었기 때문이다.

바로 이렇게 나는 낮에는 여느 대학 3학년 여학생들처럼 책을 옆구리에 끼고 문과대학 건물을 드나들다가 밤만 되면 술집에 푹 빠져 있었다. 그가 제조해주는 '블러디 메리'를 마시고 담배를 피우고 곧 내 손으로 찢어버리게 될 소설을 쉴 새 없이 썼다. 그의 이름은 FK로 바텐더였다. 나이보다 훨씬 어려 보이는 희고 갸름한 얼굴을 가진 그는 손이 대단히 아름다웠다. 누군가를 애무할 때면 피아노를 치는 것처럼 세밀하고 민첩했다……

얼마 후 나는 우연히 그와 함께 고양이 소굴 같은 그의 작은 아파트에 가게 되었다. 돈을 내지 않아도 되는 술을 마시고 뼈까지 녹작지근하게 만드는 그의 피아노 연주를 들었다. 이어서 몹시 삐거덕거리는 스프링 침대 위에서 느긋하게 그와 섹스를 했다. 그의 그 예쁜 두 손이 내 몸에서는 음악을 연주해내지 못했다. 하지만 그는 여전히 내게 '블러드 메리'를 조제해주며 마시라고 했고 여전히 시간제 가사도우미처럼 밤새 불면증에 시달리며 발광하는 나를 잘 보살펴주었다.

"차오차오, 너는 열정이 없는 게 아니야. 그저 날 사랑하지 않는 것뿐이지."

FK는 이런 상황 때문에 분노하거나 실망하지 않는 아주 드문 유형의 남자였다.

아쑤를 만난 그날, 나는 '블러드 메리'를 여섯 잔이나 마셨다.

그녀가 들어서자마자 술집 전체가 술렁이기 시작했고 FK의 와인믹서 리듬마저 어지러워졌다…… 내가 고개를 들어 그녀를 바라보았을 때 그녀는 나를 등지고 서서 바 스탠드에서 FK와 얘기를 나누고 있다가 갑자기 고개를 돌렸다. 그녀의 눈빛이 나를 향해 밀려왔다. 홍갈색 긴 머리칼이 떨리면서 거대한 붉은 물보라로 변했다……

내 몸에 한 알 한 알 홍갈색 돌기가 돋아났다.

나는 한 잔 또 한 잔 연달아 '블러디 메리'를 마셔댔다. 핏빛 붉은 액체 속에서 그녀가 나를 향해 손을 흔드는 모습이 보였다. 그녀의 검게 돌출된 밝고 야성적인 눈이 웃는 것 같기도 하고 그렇지 않은 것 같기도 한 표정으로 나를 바라보고 있었다. 가슴과 몸 전체를 꼭 누르고 있는 검정 예복 안에 감춰진 몸이 거의 폭발할 것 같다는 느낌이 들었다. 그녀의 낮은 허스키 목소리가 내 귓가에 음탕하고 색정적인 말을 속삭이고 있는 것 같았다…… 어렴풋하게 내 팬티가 젖고 있는 것을 알아차렸다. 나의 치열한 욕정에 불을 붙인 사람은 뜻밖에도 여자였다.

그녀는 이처럼 내 기억 속에서 접촉해서는 안 되는 부분이었다. 뚫어져라 쳐다보는 그녀의 눈빛 속에서 나는 자궁으로 돌아간 듯한 기분이 들었다. 그렇게 축축하고 따뜻했다. 그리고 혈맥이 확장되는 소리를 들을 수 있었다.

나는 술잔에 머리를 부딪혀 그녀의 입술에 키스하려고 시도했다.

어지럽고 혼미한 가운데 나는 블러디 메리가 위에서 입안으로 역류하는 냄새를 맡았다. 그녀가 한 걸음 또 한 걸음 내게로 다가왔다…… 한 가닥 비릿한 체취가 엄습해왔다. 키가 크고 풍만해 살이 많은 육체가 나를 안았다. 그렇게 나를 집어삼켰다……

*

눈을 떠보니 가장 먼저 코에 비릿한 냄새가 느껴졌다. 내가 맡아

본 것 가운데 가장 색정적인 냄새였다.

머리가 빠개질 듯이 아팠다. 몹시 뻑뻑해진 눈을 힘들게 뜨고 보니 나는 터무니없이 큰 원형 침대 위에 누워 있었다. 높고 긴 창문으로 햇빛이 쏟아져 들어왔다. 밝고 따스한 빛이었다. 억지로 몸을 일으켜 사방을 둘러보았다. 열 평 남짓한 커다란 방이었다. 적·흑·백 세 가지 색깔이 교차하는 가구와 장식은 단순하면서도 눈길을 끌기에 충분했다. 이런 색채 속에 나 혼자만 섞여 있었다. 기괴하면서도 아름다운 색깔의 꿈속 같았다.

나는 이곳이 그녀의 거처라는 것을 분명히 알고 있었다. 틀림없이 그랬다! 내 몸에 걸친 옷들은 어젯밤 그대로였다. 다만 머리가 몹시 아팠고 내가 어떻게 이곳으로 오게 되었는지 기억이 나지 않았다.

갑자기 붉은 칠을 한 방문이 열렸다. 마침내 나는 그녀가 다가오는 모습을 보게 되었다. 파운데이션을 바른 얼굴에 티셔츠와 청바지 차림이었다. 내가 상상했던 것보다 훨씬 더 아름다웠다.

"나는 아쑤라고 해."

"나는 차오차오야."

자 됐다!

*

처음 정액 냄새를 맡았을 때 나는 평생, 영원히 남자의 몸에서는 쾌감을 얻지 못하리라는 것을 알았다.

막 이사해 들어가 엄마와 함께 살면서 종종 낯선 남자가 엄마 방에 들어갔다 나오는 것을 보았다. 한번은 남자가 가고 나서 엄마의 방문을 밀고 들어갔다. 침대 위의 이부자리는 마구 뒤엉켜 있었고 욕실에서는 쏴쏴 물소리가 들렸다. 엄마가 샤워를 하고 있는 것이었다. 나는 침대가로 다가가 휴지로 가득한 쓰레기통을 들여다보았다. 비릿한 냄새가 풍겨나왔다…… 정액과 뒤섞인 체액의 냄새였다. 나는 알게 되었다!

재빨리 내 방으로 돌아온 나는 계속해서 토악질을 했다.

엄마의 방문을 왜 밀고 열었던 것일까? 뻔히 알고 있는 일로 뭘 증명하고 싶었던 것인지 나 자신을 이해할 수 없었다. 나는 억지로, 죽도록 기억하고 싶었다. 엄마와 남자 사이의 애매한 관계를 기억해 내 생명 속에서 오랫동안 맞서고 싶었다.

그때 나는 열세 살이었다. 막 월경이 시작된 나이였지만 이미 여자아이가 알지 말아야 할 일을 너무 많이 알고 있었다. 중학교 보건 시간에 배운 지식 이외의 죄악과 복수에 속하는 일들이었다.

과거의 모든 것에 대해 편년체로 기술하는 것이 내게는 항상 불가능한 일이었다. 내 기억은 산산이 부서진 파편들이고 사실은 환상과 꿈속에서 비틀리고 왜곡되었기 때문이다. 수치심과 원한 속에는 희미한 공백이 있어 내가 아무리 따라가 잡으려 해도 여전히 완전한 스토리의 잔해를 긁어모을 수 없었다……

기억났다. 모든 혼란의 기원은 열 살이 되던 그해였다. 열 살은, 못을 자르고 쇠를 꺾을 정도로 단호한 경계선이었다. 선의 오른쪽 끝에서 나는 평범한 가정의 평범한 아이였다. 하지만 선의 왼쪽 끝에서는 자신을 두려움과 원한의 노예로 만들었다.

그해에 젊었던 아빠는 퇴근하고 집에 돌아오는 길에 자동차 사고를 당했다. 사고를 낸 기사는 줄행랑을 쳤고 길에 쓰러진 아빠는 피바다 위에 기절한 채 얼마나 오래 방치되어 있었는지 모른다. 엄마는 동분서주하면서 모든 것을 바쳐서라도 아빠를 치료하겠다고 했지만 보름이 지나 아빠는 엄마와 할아버지가 통곡하는 가운데 손을 놓고 가버렸다.

한 달 뒤, 엄마가 실종되었다.

나는 시골 할아버지 집에 살면서 말을 할 줄 모르는 아이가 되고 말았다. 나이 든 할아버지를 대하면, 그 얼굴에 종횡으로 흐르는 눈물을 대하면, 나는 말을 할 수 없었고 울지도 못했다.

나는 몹시 두려웠다. 입을 열었다가는 이 악몽이 현실이 될 것만 같았다. 나는 온갖 고통을 참기로 했다. 눈을 떴을 때 모든 것이 한 차례 무서운 꿈에 지나지 않는다는 것을 알게 되길 바랐다. 날이 밝으면 모든 슬픔이 어둠을 따라 사라지기를 기대했다.

나는 말을 하지 않았다. 하루 또 하루 날이 밝았고 모든 것은 진실이었다. 아침에 잠에서 깨면 이전과 다름없이 햇빛이 눈을 찔렀다. 하지만 내 앞에는 점점 노쇠해가는 할아버지밖에 없었다. 흑백 사진 속 아빠와, 마을 사람들의 입방아 속에서 온갖 소문만 떠돌 뿐 행방을 알 수 없는 엄마밖에 없었다.

"아쑤, 나는 왜 단순하게 엄마를 사랑하거나 미워하지 못하는 걸까? 왜 나는 엄마에게 살 기회를 주지 못하는 걸까?"

나는 아쑤의 젖가슴을 빨면서 한때 나 자신에게 주어졌던 영아 시절을 생각했다. 한 번도 늙은 적 없는 엄마의 몸에 있었던, 아쑤 것만큼이나 아름다운 유방을 생각했다. 이 땅에 나오자마자 요절해버린 사랑을 생각했다⋯⋯ 자신도 모르게 울음이 터져나왔다⋯⋯

*

    처음부터 나는 알 수 있었다. 아쑤는 자신에 대한 남자의 욕망에 의지하여 살아가고 있다는 것을. 그녀는 남자들의 탐욕스런 눈빛 속을 돌아다니면서 자신의 아름다움과 오만함에 영양을 공급했다. 누구도 그녀를 장악할 순 없었다.

    그날 밤 그녀는 술집에서 엉망진창으로 취한 나를 주워 집으로 데려갔다. 그녀는 내가 울다 웃다 하면서 그녀의 온몸에 구토를 했다고 말했다. 깨어나서도 나는 한참이나 침대에 멍하니 누워 있었다. 그러다가 그녀가 문을 밀어 열고 들어왔다.

    "나는 아쑤라고 해. 앞으로 여기서 같이 살자!

    나는 차오차오가 집 없는 유령이라는 것을 한눈에 알아봤거든."

    맞아 아쑤, 나는 집이 없어. 엄마가 나를 위해 사준 아파트는 텅 빈 소굴이었어. 방세는 비싸고 학교 옆의 세 평짜리 지하실에 살고 있는 것은 내 책과 내 몸의 껍데기일 뿐이지. FK 같은 남자들이 소유하고 있는 각양각색의 집은 내게 항구일 뿐이야. 나는 천사 같은 얼굴로 세상을 이리저리 떠도는 고독한 영혼이지. 사실 내가 찾는 것은 무덤이야. 타락한 나의 텅 빈 영혼을 안장할 수 있는 무덤이 필요해.

    아쑤가 뻔질나게 드나들고 있는 남자들의 커다란 집으로 인해 나는 집을 생각하게 되었다. 그곳에는 아쑤의 비릿한 체취가 가득해 내게 안전한 느낌을 주었다.

    나는 이렇게 그녀의 이상하고 아름다운 세계로 들어섰다. 낮에는 그녀의 재규어를 타고 수업을 들으러 갔다가 저녁에는 부자들의 호화로운 술자리에서 함께 어울렸다. 밤에 술이 깨면 뉴스를 통해 잘 알려진 유명 건축사가 실오라기 하나 걸치지 않은 몸으로 천장을 바라보며 누워 있고 그 양쪽에 나와 아쑤가 나란히 누워 있는 것을 알게 되었다. 쪼그라든 그의 음경은 옹졸하고 추한 늙은이 같았다…… 그녀에 비하면 우리 엄마의 음란함과 사악함은 아무것도 아니었다.

아쑤가 지닌 무기로 미모와 총명함, 냉혹함 외에 가장 중요한 것은 패덕과 무정이었다. 남자들을 절대 믿지 않고 정을 주지 않음으로써 그녀는 모든 추격과 사냥에서 영원히 승자가 될 수 있었다.

이에 비해 불쌍한 우리 엄마가 가졌던 무기는 어지러운 침대 하나와 슬픔과 절망에 빠진 마음뿐이었다.

주머니에 지폐를 잔뜩 쑤셔넣은 남자가 사냥하려고 갈망하는 것은 아쑤의 몸이었고 아쑤가 갈망하는 것은 내게 이미 죽어버린 사랑을 일깨워주는 것이었다. 그럼 내가 갈망하는 것은 무엇이었을까?

죽음이었다. 엄마가 죽으면 나는 기꺼이 그녀의 장례를 치러줄 것이었다.

*

나는 술집의 바 스탠드에 앉아 원고를 썼다. FK가 오늘 만들어준 블러디 메리는 위액만큼이나 시큼했다. 아예 목구멍으로 넘길 수가 없었다. 아쑤와 함께 지내기 시작한 뒤로 처음 이곳으로 돌아온 터였다.

"FK, 자기 너무 이상하네! 블러디 메리가 꼭 말 오줌 같아."

고개를 들어 보니 FK는 아주 허약하고 창백한 모습으로 변해 있었다.

"내가 아쑤를 알고 지낸 지 2년이 넘었는데 그녀가 그런 눈빛으로 사람을 쳐다보는 건 처음이었어.

차오차오, 아쑤는 너를 사랑하게 된 거야."

FK가 내 옆에 앉더니 한 모금에 보드카 반잔을 마셔버렸다.

"처음에는 그녀의 몸을 원했어. 쉽지 않았지. 잔뜩 마음을 쓰고 돈도 많이 들여야 했거든.

그날 그녀가 아주 기뻐하고서야 함께 침대에 오를 수 있었어. 물론 나보다 더 비참한 사람도 있었지. 그 사람은 엄청난 돈을 들였지만 그냥 쾅 하고 끝나버렸어. 손가락 하나 만지지 못하고 말이야.

사랑을 나누고 나서 나는 그녀 옆에 그대로 누워 있었어. 그녀를 안고 싶었지. 하지만 그녀는 내 손을 밀어내고 일어나 앉아 고개를 숙이고는 나를 내려다봤어. 빙긋이 미소를 지으면서 말이야. 그러고는 보들레르의 시를 읊더군……

차오차오, 그때 나는 이미 끝났다는 것을 알았어. 내가 원한 것은 그녀의 몸에 사정하는 것만이 아니었어. 뜻밖에, 뜻밖에도 나는 그녀를 사랑하고 있었지.

그녀는 소용없으니까 쓸데없이 돈 낭비 말라더군.

그랬어. 소용없었지! 나는 줄곧 그녀가 냉혈한이라고 생각했어. 하지만 이제야 알게 되었어. 알고 보니 그녀가 사랑하는 사람은 남자가 아니라 여자였어! 내게는 영원히 희망이 없어진 거였지……"

FK의 얼굴에 이슬이 흐르면서 나는 한 번도 경험하지 못한 슬픔을 보았다. 아쑤가 나를 사랑하게 되었다고? 나도 모르지 않았다. 하지만, 그렇다고 또 뭘 어쩌라는 건가?

어쩌라는 건가? 우리 세 사람 사이의 미묘한 상관관계를 생각하니 모든 것이 몹시 부조리했다. FK의 아름다운 두 손이 아쑤의 몸에서 음악을 연주해낼 수 있었을까?

아쑤, 너는 여자를 사랑하고 있어. 그렇다면 너는 네 엄마를 사랑하니? 혹시 엄마에 대한 부정확한 사랑과 원한으로 고통스럽진 않니?

*

중학교에 들어간 뒤로 엄마는 나를 데려가 함께 살고 싶다고 했다. 이로써 나는 스타들이 다니는 중학교에 들어가게 되었다.

어디로 이사해 들어가든, 호텔이나 모텔, 염가의 아파트나 호화 별장에 들어가든, 내게는 항상 나만의 방과 다 쓸 수 없을 정도로 많은 용돈이 있었다. 내게는 친구가 없었고 단지 방 안 가득한 책과 레코드 판, 그리고 좀처럼 말을 할 줄 모르는 나 자신이 있었다.

엄마와 나는 얘기를 주고받는 일이 거의 없었다. 엄마는 걸핏하면 몇 년째 서로 잘 지내고 있는 자매들과 술을 마시고 얼큰하게 취해 집에 들어오곤 했다. 유행을 앞서가는 멋진 헤어스타일을 한 여자들은 손에 하이힐을 벗어 들고 도로 위에서 울다가 웃다가 했다.

밤중에 자다 깨면 엄마가 침대 끝에 앉아 울고 있는 모습을 봤다. 나는 모른 척하고 재빨리 잠을 이어가려 했지만 더 이상 잠을 이룰 수 없었다…… 아침에 학교에 가서는 하루 종일 잤다. 집에 돌아오면 여전히 차가운 눈빛으로 엄마를 바라보았다.

엄마를 향한 나의 마음은 열두 살 되던 그해에 이미 죽어버렸다. 어떤 노력을 해도 우리 두 사람을 더 고통스럽게 할 뿐이었다. 나는 연합고사의 압력에 맞서면서 엄마의 관심과 사랑에도 맞서야 했다. 사춘기였던 나는 막 싹트기 시작한 정욕 때문에 몸부림치느라 사람 꼴이 아니었다……

마침내 나는 제1지망 고등학교에 합격했고 당연히 엄마의 생활권에서 이사해 나올 수 있었다. 엄마는 내 입학통지서를 보고는 모처럼 찬란한 미소를 보였다. 다음 날 엄마는 내게 즈원志文출판사의 번역소설 한 세트를 사주었다. 하나같이 짙은 파란색 표지였다. 바닷물이 내 앞으로 넘실대며 다가오는 것 같았다……

"항상 침대에 엎드려 책 보는 습관 좀 버려. 눈 나빠진단 말이야."

엄마는 책을 한 권 한 권 서가에 꽂았다. 말하면서 나를 쳐다보진 않았다. 나는 책을 집어들고서 그리 높지도 않았던 서가에 미처 꽂지 못했다……

한참이 지나서야 나의 첫 번째 눈물방울이 엄마의 등에 떨어졌다. 소리 없이 떨어졌다. 눈물방울은 펼친 책장 위로도 떨어졌다…… 카뮈의 책, 『이방인』이었다.

나는 학교 근처의 전문적으로 학생들에게 방을 임대하는 아파트에 입주해 나와 남자들 사이의 갖가지 다양한 게임을 시작했다. 병에 감염된 꽃이 가장 무성하고 찬란하게 필 때 그 꽃은 이미 부패한 것이다.

*

"차오차오, 사랑해. 사실 네가 필요로 하는 게 내 사랑이 아니라는 것은 알지만 그래도 널 사랑해. 널 사랑하지 않으면 내 생명은 완전해질 수 없을 것 같아."

나는 지친 모습으로 바닥에 떨어져 마구 흩어져 있는 원고지 속에 얼굴이 바닥을 향하게 하고 누워 있었다. 나 자신의 허약한 서술능력 때문에 비탄에 젖어 있었던 것이다. 아쑤가 손을 뻗어 내 턱을 받쳐주었다. 어지럽게 흩어진 그녀의 앞머리 사이로 보이는 눈빛이 몹시 공허했다. 거대한 블랙홀이 나를 삼켜버리려는 듯해 너무 두렵고 당혹스러웠다. 누군가를 사랑할 때 그녀의 표정은 저런 걸까?

나는 그녀를 품에 안은 채 쉴 새 없이 입을 맞췄다. 그녀를 애무했다.

아쑤는 나를 알지 못했다. 나 자신도 남이 사랑할 만한 데가 어디인지 알지 못했다. 나는 그녀가 나를 사랑하는 방식을 이해하지 못했고 왜 나를 사랑하는 여자가 항상 자신을 남자들의 욕망에 내던졌다가 나를 대할 때면 오히려 조금씩 천천히 공동화되고 노쇠해지는 건지는 더더욱 이해하기 어려웠다. 우리가 서로를 사랑하지 않는다면 억지로 섹스하는 것에 불과할 텐데 그래도 나날이 즐거울 수 있을까?

나는 사랑을 알지 못했다. 나는 그저 남자의 품속에 있을 때는 차갑게 마비되던 내 몸이 아쑤의 애무 속에서는 곧장 되살아나 불처럼 뜨겁게 타오르고 그토록 민감하며 열광적이고 야성적인 모습을 보인다는 것만 알 뿐이었다. 온몸의 모공이 열려 숨을 쉬는 것 같고 어떤 미세한 접촉도 나를 미치도록 전율하게 할 것만 같았다.

"아쑤, 난 네가 필요해. 아직 사랑할 줄은 모르지만 그래도 네가 필요해. 너는 내가 생명 속에서 아주 오래 기다린 바로 그 여인이야. 너를 통해서만 나는 나 자신을 다시 만날 수 있을 것 같아."

*

나는 엄마에 관한 많은 것을 정말로 분명하게 기억하지 못했다.

고등학생 시절 나는 학교에서 남자들 사이를 분주하게 돌아다녔다. 성적은 언제나 가장 우수한 상태를 유지했고 남자친구는 계속 갈아치웠다. 보통 고등학생들이 곤혹스러워하는 것들을 나는 너무나 쉽게 극복했다. 하지만 진정 원한 것은 하나도 얻지 못했다. 엄마가 보내주는 소설들로 지내오긴 했지만 무너져가고 있는 가장자리에서 버텨야 했고 심지어 엎치락뒤치락하며 잠 못 이루는 밤에는 카프카를 읽으면서 수음을 하기도 했다.

매달 달빛이 없는 저녁에 엄마랑 같이 저녁 식사를 했다. 불빛이 부드럽고 음악 소리가 가볍게 울려 퍼지는 레스토랑에서 얼굴을 마주하고 각자 담배를 피우면서 침묵했다. 혹은 서로에게 별로 중요하지 않은 무료한 말 몇 마디를 주고받기도 했다……

스테이크에 후추를 너무 많이 뿌린 탓인지 아니면 담배 연기의 자극 때문인지, 나는 엄마의 눈이 촉촉히 젖은 것을 보았다. 눈두덩에 희미하게 멍이 들어 있고 짙은 화장 아래 피부에는 잔주름이 잔뜩 흩어져 있었다. 엄마가 웃었다. 진흙으로 가득한 땅바닥에 엎어져 온몸이 낭패와 어색함으로 가득한 것 같았다……

밤중에 어쩌다 전화벨이 울렸다. 전화기 저편의 엄마는 목메어 울고 있었다. 술 냄새가 수화기를 타고 전해져왔다. 그 냄새에 중독되어 나까지 머리가 아팠다.

나는 알고 있었다. 우리 생명이 이미 끄트머리에 와 있다는 것을. 손을 뻗기만 하면 절망의 언저리에서 서로를 구해줄 수 있다는 것도 알고 있었다. 하지만 우리는 끝내 손을 뻗어 상대를 구하지 않았다. 어쩌면 우리는 이미 둘 다 온 힘을 다해 손과 팔을 뻗고 있었는지도 모른다. 결국 서로의 방향이 달랐던 것일까?

나는 줄곧 고개를 돌릴 수 없었다.

아쑤를 만날 때까지는 계속 그랬다.

그녀는 이토록 우리 엄마를 지독히도 닮은 모습이었다. 매번 그녀와 사랑을 나누고 나면 꿈속에 내가 이미 포기해버렸거나 잊어버린 지난 일들이 나타났다. 한 가지 한 가지가 선명하게 내 기억 속에서 다시 조립되었다. 아쑤의 음탕한 웃음소리에 심취해 무의식중에 엄마에 대한 나의 오해를 깨달았다.

한 걸음 한 걸음 점점 엄마의 적나라한 영혼에 다가가서야 나 자신이 줄곧 이처럼 잔혹하고 불공정하게 엄마를 대했다는 사실을 깨달았다.

나였다. 나의 이기심과 유약함이 우리 두 사람을 고통의 심연으로 몰아갔던 것이다……

생각났다. 엄마가 생각났다. 나는 점점 화장 뒤에 감춰진 엄마의 얼굴이 생각났다. 울고 나서 퉁퉁 부은 눈꺼풀이 가느다란 틈을 이루고 있었다. 내가 유년 시절에 의지했던 엄마와 완전히 일치하는 모습이었다!

대학에 합격한 그해 여름방학, 나는 어느 레스토랑에서 아르바이트를 했고 머리를 길렀다. 그리고 자동차 운전을 배웠다.

9월 중순 어느 날 밤에 퇴근했다. 엄마가 레스토랑 앞에 미니 오스틴을 몰고 와 있었다. 엄마의 큰 키와 자동차의 낮은 차체가 어울리지 않는 대비를 이루고 있었다. 차에 타서야 엄마가 화장도 하지 않고 온통 흰 옷차림이라는 것을 발견했다. 엄마는 차를 모는 데 몰두했고 어둠 속에서 어디를 향해 달리는지 나는 알지 못했다.

우리가 간 곳은 아빠의 묘소였다. 처음이었다. 아빠의 장례를 마친 뒤로 엄마와 함께 그곳을 찾은 것은 이번이 처음이었다.

밤의 묘지는 그토록 조용하고 평안했다. 높이 자란 망초 덤불 속을 반딧불이들이 날아다니고 있었다. 은백색 달빛 아래서 하얀 셔츠에 하얀 치마 차림의 엄마가 유유히 망초 덤불을 뚫고 들어갔다. 아름다운 여자 귀신이 땅 위를 떠가는 것 같았다.

"이 아이가 차오차오예요. 우리 아이요. 아주 예쁘지요! 당신처럼 똑똑해요.

얘는 당신 기대를 저버리지 않고 대학에 합격했어요. 우리는 결국 얘가 다 클 때까지 잘 기다려온 셈이에요.

그리고 저는 이렇게 당신을 그리워하고 있네요……"

밤바람이 솔솔 불어왔다. 엄마의 목소리는 너무나 맑고 깨끗하고 경쾌했다. 초등학생이 학교를 파하고 집으로 돌아가면서 가는 길 내내 불러대는 노랫소리 같았다.

묘비 위에 아빠의 이름이 새겨져 있는 것을 보았다. 봉분 위에는 아빠의 헝클어진 머리칼처럼 잡초가 잔뜩 자라 있었다. 이미 잊었던 아빠가 갑자기 내 눈앞에 나타났다. 그 낡은 자전거를 타고 검정 테 안경을 쓰고 있었다. 우리 집 대문에서 아주 멀리 떨어진 곳에서부터 큰 소리로 외치고 있었다.

"차오차오, 아빠가 돌아왔다!"

아빠는 여전히 그렇게 젊은 모습이었다.

고개를 돌려 엄마를 바라보았다. 머리를 짧게 자르고 앙증맞게 웃고 있는 엄마의 얼굴이 아이로 변해 있었다. 그렇게 땅바닥에 쪼그리고 앉아 두 손으로 가볍게 비석을 어루만지고 있었다. 마음으로 사랑하는 남자의 가슴을 더듬고 있는 것 같았다. 얼굴에는 행복한 표정이 가득 번지고 있었다……

그 순간 나는 갑자기 엄마를 꼭 안아주면서 큰 소리로 사랑한다고 말해주고 싶었다. 사실 나는 줄곧 엄마를 사랑해왔다. 엄마가 무엇을 하든지 엄마에 대한 내 사랑을 바꿔놓지는 못했다.

하지만 그렇게 하지 않았다. 마음은 끓어오르고 있었지만 내 몸은 돌덩이처럼 딱딱하기만 했다. 탄력이 전혀 없었다…… 모든 것이, 너무 늦은 터였다……

그때 내가 용감하게 엄마를 안아주었더라면, 엄마에게 내 마음속 진정한 느낌을 알게 했더라면 엄마의 결정을 바꿀 수 있지 않았을까? 그럴 리 없다. 모든 일이 그렇게 쉽게 바뀌지는 않는 법이다.

그때의 나는 일시적인 흥분 상태였을 뿐이다. 사실 나는 엄마를 진정으로 용서하지 않았고 나 자신을 용서하지도 않았다.

엄마는 사흘 뒤에 자살했다. 실오라기 하나 걸치지 않은 몸이 물을 가득 채운 욕조 위에 떠 있었다. 엄마의 오른팔에서 붉은 피가 솟아 나오고 있었다.

나는 엄마를 잃고 적지 않은 저축과 서른 평이 넘는 일층 아파트, 그리고 오스틴 미니를 얻었다.

대학에 들어간 뒤로 나는 과거가 없는 사람이 되었다. 하루 종일 알코올 속에 가라앉았다가 떠오르기를 반복했다. 그리고 미친 듯이 글을 쓰기 시작했다.

*

아쑤는 줄곧 수수께끼였다. 우리가 함께 지내는 것은 꿈에 가까웠다. 그녀를 따라 온갖 기이하고 다양한 장소를 드나들었고 그녀의 집에서 쉴 새 없이 술을 마시고 담배를 피우고 어디서든 데굴데굴 구르며 섹스를 하고 이야기를 나눴다. 때로는 혼자서 아주 짧은 말들을 중얼거리기도 했다. 아쑤가 없을 때는 죽어라 글을 쓰거나 기억을 더듬어가며 백일몽에 빠졌다. 우리의 생활 모습을 정돈할 만한 어떤 정상적이고 구체적인 디테일도 없었다. 우리는 상대방의 은밀한 비밀에 대해 간섭하거나 캐묻는 일이 한 번도 없었다. 이리하여 우리는 서로의 완전한 실체와 배경, 과거에 대해 아는 것이 전혀 없었다.

"가장 어리석은 일은 남들이 완전하고 철저히 분명하기를 바라는 거야."

아쑤의 좌우명이었다.

그녀는 줄곧 수수께끼였다. 수수께끼의 해답은 전혀 중요하지 않았다. 나는 애써 타인의 비밀을 탐색해본 적이 한 번도 없었다. 내가 신경 쓰는 것은 그 안에 담긴 함의였다.

나는 어렴풋이 어떤 사물이 어떤 장소에서 나를 기다리고 있는 것을 느꼈다. 내가 가까이 다가와주기를 기다리고 있었다. 그다음 에는 확실히 알게 되었다. 여러 해 동안 나는 힘들게 찾아다녔지만 시종 아무런 성과도 없는 헛수고에 지나지 않았다. 아쑤가 나타나 기 전까지는 그랬다. 그녀의 출현이 내 좌표를 이끌어주었다. 나는 결국 무엇을 찾고 있었던 걸까? 무엇을 분명히 알 수 있었을까? 나 스스로도 알지 못했다.

"우리에게 필요한 것은 한 쌍의 날개야. 그것만 찾으면 다시 자 유롭게 날 수 있을 거야."

맨 처음에 아쑤는 내게 이렇게 말했다. 그리하여 나는 '천사가 잃어버린 날개를 찾아서'라는 제목의 소설을 쓰기 시작했다. 이제 는, 소설이 이미 마무리 단계에 와 있었다. 아쑤, 우리 날개는 어디 에 있는 거지?

"차오차오, 글쓰기를 멈추지만 않으면 너는 원고지 안에서 너를 찾을 수 있을 거야. 자신을 발견할 수 있을 거라고.

내가 하는 모든 것이 네게 이 일을 드러내주기 위한 거였어. 글 쓰기 말이야. 영원히 글쓰기를 멈추지 않는 거지. 이것 외에 다른 선택지는 없어. 이게 네 운명이야. 너를 처음 만나는 순간, 네 얼굴 에서 글 쓰는 사람 특유의 그 열광적인 표정을 봤거든.

그런 열광이 나를 네 생명 속으로 데리고 들어간 거야."

"글쓰기라, 아쑤 나는 내가 반드시 글을 써야 한다는 걸 알아. 하지만 이미 잃어버린 우리 날개는 어디에 있는 걸까?"

그날 밤, 우리는 마지막으로 얘기를 나누었다.

"어딘가에 있을 거야."

그녀가 내 손을 꼭 잡았다. 손바닥에 미세하게 땀이 나며 미세하게 떨리고 있었다.

나는 아쑤에 관한 꿈을 꾸었다.

꿈속에서 우리는 허공을 떠다니고 있었다. 우리 주변을 얼음처럼 투명한 물건이 한 겹 에워싸고서 여기저기 마구 떠돌고 있었다. 우리 몸에 불이 붙자마자 자유롭게 활활 타올랐다. 자세가 꼭 섹스하는 것 같았다. 우리에게 생명은 이처럼 가벼운 것이었다. 주위 사람들 눈에 우리 존재는 한 겹 연기나 먼지 같은 것이었다. 아무도 우리에게 신경 쓰지 않았다.

갑자기 아쑤가 내 손을 놓고는 멀리 날아가버렸다. 내가 눈을 크게 뜨고 찾아보니 그녀는 저 멀리 날아가고 있었다. 점점 더 높이 멀어져갔다. 하지만 나는 속박에서 벗어날 수 없었다. 오히려 주변의 압력이 더 무겁게 느껴질 뿐이었다……

"아쑤! 날 좀 구해줘!"

나는 큰 소리로 외치면서 꿈에서 깼다. 아쑤가 공중에서 던지는 한마디만 기억났다.

"차오차오, 모든 것이 너 자신에게 달렸어."

깨어나보니 내 몸이 과거에 살았던 지하실 안에 와 있었다.

책상 위에는 내가 쓴 글씨로 가득 찬 원고지가 어지럽게 널려 있었다. 제목은 '천사가 잃어버린 날개를 찾아서'였다. 마지막 장에는 'THE END'라는 두 단어가 쓰여 있었다.

소설은 이미 다 썼어! 아쑤, 보라고. 소설이 완성됐단 말이야. 내가 큰 소리로 부르고 있는데 아쑤는 어디 있는 거지? 내가 원래 집으로 돌아왔는데 어째서 아쑤는 그림자도 보이지 않는 걸까? 소설에 분명히 쓰여 있는데 아쑤는 도대체 어딜 간 것일까?

나는 원고지를 정리해놓고 그녀를 찾으러 가기로 마음먹었다.

문밖으로 나오자 바깥의 햇빛이 몹시 눈을 찔러댔다. 나는 사거리에 멍하니 서 있었다. 차들이 내 앞을 나는 듯이 지나가고 신호등의 빨간불이 초록불로 바뀌었다가 다시 초록불이 노란불로 바뀌었다. 나는 눈앞을 오가는 사람들 무리를 주시하고 있었다. 갑자기 눈물이 흘러내렸다.

생각이 나지 않았다. 뜻밖에도 아쑤가 어디 살고 있는지 전혀 기억나지 않았다. 단 한 가닥의 단서도 없었다. 어느 도로 몇 호, 몇 층이었는지 전혀 알 수 없었다! 열심히 소설 속의 디테일을 전부 다 뒤져봤지만 찾지 못했다. 아무것도 찾을 수 없었다! 그녀의 이름이 무엇이었는지조차 알 수 없었다!

이게 어떻게 된 일일까?

FK가 생각났다. 그는 틀림없이 아쑤가 어디에 있는지 알고 있을 것이다!

"아쑤? 아쑤가 누구야? 예쁜 여자라면 내가 잊을 리 없는데. 하지만 아쑤라는 이름을 가진 여자는 없었어!"

FK의 머리가 작은 땡땡이 북처럼 흔들렸다.

"없어. 없다고. 아쑤라는 사람은 없었어. 차오차오, 너 취한 거 아니야?"

그녀를 잃었다! 원고지 뭉치를 꼭 껴안고 막막하고 무력한 모습으로 거리 위에 서 있는 내 몸이 좌우로 흔들렸다. 내 몸에는 아직 아쑤의 비릿한 체취가 남아 있었다. 그렇게 색정적인 냄새를 나는 어떻게 놓쳐버린 것일까?

밤이 되자 나는 내 거처로 돌아왔다. 침대 위에 누워 꼼짝도 하지 않고 아쑤에 관한 모든 것을 사색했다.

"나는 아쑤라고 해."

나는 아쑤가 이렇게 말하던 목소리를 생생하게 기억하고 있었다. 낮고 허스키한 목소리였다. 웃을 때는 몹시 방자하고 오만하면서도 우렁찼다. 우리가 길을 걸을 때면 모든 남자가 그녀에게로 눈길을 던졌지만 그녀의 눈은 나만 주시하면서 머리끝에서 발끝까지 반복적으로 훑고 있었다. 눈빛으로 내 옷을 한 겹 한 겹 다 벗겨버리려는 것 같았다. 그녀의 그런 눈빛에 나는 얼굴이 빨개지고 심장이 심하게 뛰어 손발을 어디에 둬야 할지 몰랐다.

"차오차오, 넌 어떻게 이처럼 아름다울 수 있는 거야? 나는 너를 보기만 해도 팬티가 젖는단 말이야."

그녀가 고개를 숙여 내 귓가에 대고 낮은 목소리로 말했다. 그러고는 가볍게 내 귓불을 깨물었다.

나는 아직도 아쑤가 내 배 위에 엎드려 손가락으로 내 음부를 애무하곤 했던 것을 기억하고 있었다. 그렇게 애무하면서 노래를 불렀다.

"착한 새끼 양이 문을 여네요,
빨리빨리 열어라 내가 들어갈 테니."

나는 애써 신음을 참으면서 짜릿한 전율 속에서 노래를 이어받았다.

"안 돼 안 돼 열면 안 돼,
너는 늑대라 못 들어오게 할 거야."

우리는 깔깔대고 웃으면서 침대 위를 뒹굴다가 방바닥으로 떨어져 정력이 고갈되고 힘이 다 빠질 때까지 미친 듯이 섹스를 했다.

아쑤가 내 소설을 처음 읽었던 것이 생각났다. 소설을 다 읽은 그녀는 내 얼굴을 두 손으로 받치고 아주 오래 자세히 뜯어보았다. 그러더니 의미심장한 투로 탄식을 내뱉었다.

"아!
차오차오, 너는 정말 사람을 미치게 해."

내가 뭐든 다 기억하는 걸까? 아쑤, 내 소설은 널 위해 쓴 거야. 하지만 넌 어디로 가버린 거야?

*

얼마나 많은 날이 지나갔는지 알 수 없었다. 낮에는 항상 거리를 어슬렁거리면서 모든 사람의 몸에서 아쑤의 그림자를 찾다가 밤이 오면 침대 위에서 아쑤의 호흡을 복습했다.

그러나, 점점, 내 기억이 희미해지기 시작했다. 그녀가 정말로 존재했는지 아니면 한바탕 꿈이었는지조차 확정할 수 없었다.

"어딘가에 있을 거야."

아쑤가 했던 말이 생각났다. 어딘가에 있을 것이다. 틀림없이 답은 이 한마디에 담겨 있었다.

그곳이 어디일까?

반드시 찾아야 했다. 그곳을 찾기 위해 나는 수없이 버스를 타고 기차를 탔다. 심지어 비행기를 탈 수도 있었다. 어떤 방법들을 써야 하는지는 알지 못했지만 어떤 목소리가 나를 부르고 있다는 것은 알았다. 나는 점점 그곳에 가까이 다가가고 있었다.

문득 내가 어느 묘지에 와 있다는 것을 깨달았다.

무덤인가? 알고 보니 내가 찾으려 애쓴 것은 무덤이었다.

우리 아빠의 무덤 옆에 또 다른 무덤이 조성되어 있었다. 가까이 다가가 똑바로 서서 대리석 묘비에 새겨져 있는 글자들을 살펴보았다.

"쑤칭위蘇青玉……"

쑤칭위, 그건 우리 엄마 이름이었다.

엄마, 내가 돌아왔어요. 여러 해 엄마를 떠났다가 결국 돌아왔어요.

나는 엄마의 무덤 앞에 누워 엄마의 자궁 속인 것처럼 몸을 말았다. 그러고는 중얼중얼 한 번도 드러내지 않았던 감정을 쏟아냈다. 처음 말을 배우는 아이처럼 말이 너무 느리고 힘들었다. 오랫동안 그렇게 떠돌고 나서야 나는 처음으로 땅이 충분히 의지할 수 있을 정도로 단단하다는 것을 느꼈다. 마침내 엄마에 대한 내 감정을 분명히 알게 되었다.

"엄마 사랑해요. 더없이 확실하게 진심으로 사랑해요."

희미하게 아쑤의 웃음소리가 들려왔다. 하늘 끝에서 들려오는 것 같았다…… 고개를 들어보니 하늘 위의 구름이 점점 뭉쳐 익숙한 형상을 만들고는 좌우로 흔들렸다. 그렇게 흔들리는 것은……

한 쌍의 날개였다.

2.

이상한 집

아이는 아주 먼 곳에서 왔다. 작고 야윈 몸이 천천히 대나무 판을 엮어 만든 좁은 다리를 건너 자줏빛 작은 꽃들이 만개한 강안을 따라 걸었다. 이어서 비스듬히 부서진 돌들이 조밀하게 깔린 노면을 건너 아주 낮은 대나무 울타리에 이르렀다. 아이는 울타리 앞에 멈춰 서서 그 안의 작은 집을 뚫어져라 쳐다봤다. 그렇게 멈춰 선 채로 집 안에서 흘러나오는 소리에 귀를 기울였다⋯⋯

한 줄기 바람이 불어왔다. 맞은편에서 음식 냄새가 풍겨왔다. 이어서 그윽한 노랫소리가 바람에 가볍게 달라붙어 아이의 귓가에 미끄러졌다.

아이에게 익숙한 노래였다. 이 마을의 수많은 남자가 그 노래의 여운에 밤새 잠들지 못했다.

아이는 미소 지으며 대나무 울타리를 밀어 열었다. 천천히 왼발을 들어 안으로 들어섰다.

그 집 안으로.

*

"이유가 뭐야?"

타오타오陶陶가 고개를 들면서 물었다. 형광등 아래서 작은 얼굴
은 몹시 맑고 깨끗해 보였다. 두 볼에 수많은 갈색 주근깨가 잔뜩
흩어져 있었다. 별 같았다.

그녀에게 입을 맞추고 싶었다.

"왜 내일 너한테 말해줘야 한다는 거야?"

나는 그녀에게 가까이 다가가 몸을 구부렸다. 그녀의 알몸이 제
멋대로 침대 위를 구르고 있었다. 황금빛의 가늘고 긴 사지를 극도
로 자연스럽게 뻗고 있었다. 나는 그녀를 빤히 쳐다보았다. 아주
오래. 이것이 두 주 전에 처음 만난 여자아이의 모습이라는 게 믿
기지 않았다. 지금 그녀는 번식력이 아주 강한 식물 같았다. 순식
간에 뻗어나고 확장하여 이 방을 가득 채우고 있었다.

나의 폴리스Polis였다.

이곳은 원래 극도로 황폐하고 음울하고 유령과 귀신이 가득한
곳이었다. 내가 사유하고 있는 도시, 무수한 여인을 경험했지만 여
전히 죽은 것처럼 고요한 이 지역에 나는 애써 나 자신을 심고 정
욕을 번식시키고 이야기를 판매하면서 이 영토만을 지켰다. 그리
고 지금, 나는 또다시 과거로 떨어져 돌아갔다.

그 집으로.

"줘."

문어처럼 뻗어나는 두 팔로 그녀가 나를 낚아챘다.

몇 번인지 모르지만 쾌락을 주고받고 나서도 나를 미치게 했던 그녀의 살짝 열린 입이 촉촉하게 내 몸을 드나들었다. 하체에는 다량의 체액이 넘쳐 나를 더없이 목마르게 했다. 음모 한 가닥 한 가닥이 일제히 춤을 췄다. 머리가 어지럽고 눈이 흐릿해질 정도로 미친 듯이 춤을 추었다. 환영이 마구 나타났다.

과도한 열정은 나를 거의 태워버렸다.

그녀가 내 음도의 미궁 속으로 들어와 마구 달리고 펄쩍펄쩍 뛰어다녔다. 출구에는 전혀 관심이 없었다. 그녀가 원하는 것은 과정뿐이었다.

절정이었다.

절정보다 더 높은 절정이었다.

죽음에 가까웠다.

나는 그녀의 웃음소리 속에서 다시 이 세상으로 돌아왔다.

타오타오가 미친 듯이 웃고 있었다. 흥분한 그녀는 나를 전신거울 앞으로 잡아끌었다. 거울 속에 빛의 물결이 일었다. 전부 웃음소리였다.

"봐!"

내 몸에는 도장을 찍은 듯이 이빨 자국이 빼곡했다.

절정이 밀려올 때마다 몸에 치흔을 하나씩 남기자! 우리는 그렇게 약정했다.

전부가 쾌락의 기호였다.

나의 폴리스, 집에만 있는 여자. 처음부터 줄곧 이랬다.

*

나는 이야기를 하고 이야기를 썼다.

나는 꿈을 팔았다.

나는 올해 마흔 살이고 담배를 피우고 술을 많이 마신다. 자위를 하고 남을 위로하기도 한다.

나는 색정소설을 제조하여 웅성의 남자들을 미혹시키면서 돈을 번다.

나는 정통 문학을 날조하여 지식인들을 즐겁게 해주고 가짜 명성을 만든다.

사실 나는, 욕정으로 가득한 방에서 온종일 입가에 침을 흘리며 혼잣말을 중얼거리는 침대가 아니면 아무것도 아니다.

나는 거짓말쟁이다.

*

아이는 기억을 갖기 시작한 이후로 두 여자를 기억했다. 그것이 아이의 세상 전부였다.

어떤 여자가 그 잿빛으로 뿌연 대지 위에 핏빛으로 붉고 풍만하고 아름다운 꽃송이를 피울 수 있을까? 그 왜소하지만 튼실하고 말 없이 고집 센 여자는 맨발로 진흙탕 위를 화살처럼 빠르게 날아다니며 시장 노점에서 유창한 말솜씨로 가오빙糕餠을 팔았다. 또한 빠른 발과 매서운 얼굴로 훔쳐보는 이웃 남자들의 눈길을 빨아들였다. 큰이모였다. 아이는 그녀를 경외하고 사랑했다. 그녀를 앙망했다.

온종일 5부 단발을 머리에 이고 검은 옷차림으로 부엌에서 가오빙을 만들었다. 아이들에게는 작은 진흙 인형을 만들어 계산대 위에 늘어놓고 아동극을 연출하게 했다. 하지만 창문을 에워싸고 맴도는 남자들의 눈에서는 불길이 뿜어져 나오고 있었다. 마을의 부녀자들은 원한이 뼈에 사무쳤고 은연중에 단발머리에 검은 옷이 성행하기 시작했다. 자신들의 남자를 다시 불러오려는 것이었다. 이모의 몸에서는 일 년 내내 기이한 향기가 분출되어 가오빙을 하나하나 다 물들였다. 이걸 먹는 사람들은 밤중에 춘몽이 이어져 미친 듯이 많은 양의 차를 마셔야 기절하여 죽는 일을 피할 수 있었다.

작은이모였다.

마을 사람들은 연이어 말도 안 되는 소문을 퍼뜨리며 이 집을 묘사했다. 큰이모가 밤중에 산을 넘고 고개를 넘어 바삐 돌아다니느라 영원히 잠을 자지 않는다고 하기도 하고 작은이모가 동남의 정혈精血을 빨아먹음으로써 절세의 미모를 유지한다고도 했다……

그 아이는 여자들이 임신부 몸에서 강제로 빼앗은 아이라 재성災星의 운명을 갖고 있어 열세 살까지밖에 살지 못한다고…… 어쩌고저쩌고 말이 많았다.

아이는 요정 같기도 하고 요괴 같기도 한 이 두 사람을 앙모했다. 어리석게도 자신이 두 이모의 아이일 것이라고 믿었다. 작은이모가 그렇게 말했다고 했다. 그녀의 연꽃처럼 하얀 가슴에서 작은 요정이 나왔다고 했다.

　마을 안을 분홍색 나비처럼 사방으로 날아다니는 소문이 아이의
마음속으로도 날아 들어왔다. 아이는 있는 힘껏 침을 삼켜 그 소문
을 녹여버렸다.

　그 집은 달콤하고 따뜻했다. 귀신들의 그림자가 어른거렸다. 그
녀들 세 사람의 성이었다.

　아주 오래전 멀고도 아득한 일이었다.

*

　"방을 좀 얻으려고요."
　꿈속에서 다급하게 초인종 누르는 소리가 들렸다. 문을 열고 욕
을 한 바가지 해주려는 순간, 막 잠에서 깬 게슴츠레한 상태에서
그녀를 보고는 헉 하고 놀라 잠이 다 깼다.
　"내놓은 방이 없는데요……"
　내가 말했다. 이 집은 넓긴 하지만 같은 유형의 사람들만 받아들
였다.
　"하지만 저는 있을 곳이 필요해요."
　그녀가 간절한 투로 말했다. 목소리는 따뜻하고 부드러웠다. 산
골짜기의 메아리가 담겨 있는 목소리였다.
　"하룻밤만이라도 묵게 해주세요. 밖에, 비가 너무 많이 와요……"

60

극도로 아름다운 여자아이였다. 나의 이 망가진 몸이 감당할 수 없을 만큼 아름다웠다. 나는 힐끗 한번 쳐다보고서 상대가 청춘의 포악한 짐승이라는 것을 알아차렸다. 그녀는 온몸이 비에 젖어 몹시 난처한 처지였다. 반질반질 빛나는 피부와 잘못 잘라 엉성해 보이는 새까만 단발에 남자의 땀 냄새가 진하게 밴 셔츠와 진 반바지를 입고 있었다…… 방금 함정에서 빠져나와 부상당한 다리를 끌고 도망쳐 온 짐승이었다……

사람들을 얼떨떨하게 만드는 모습이었다.

내가 그녀의 손을 잡아끌었다. 차갑고 축축했다. 손바닥이 너무 얇고 연약해 꽉 쥐면 금세 부스러질 것 같았다. 그녀는 내게 손을 잡힌 채 멋대로 머리칼을 흔들어 빗방울을 털면서 나를 따라 집 안으로 들어왔다.

"멋진 집이네요."

그녀가 놀란 표정으로 말했다.

"사탕으로 만든 마귀할멈의 집은 아니겠지요!"

그녀는 이렇게 말하면서 몸에 걸치고 있는 상의와 바지, 양말을 하나하나 전부 다 벗었다. 그런 다음 실오라기 하나 걸치지 않은 알몸으로 내 앞에 앉았다.

나는 정신을 잃었다.

깨어났을 때는 햇빛이 찬란하게 비치고 있었다. 나는 탁자 앞에 단정하게 앉았다. 실내에는 향기가 가득했다. 눈앞에는 놀랍게도 홍, 백, 황, 녹으로 울긋불긋하게 탁자 가득 음식이 차려져 있었다.

우리 집은 한 번도 이런 공기로 가득 찬 적이 없었다. 이어서 그녀가 왔다. 짙은 젊음과 기이하고 달콤한 향기가 그녀의 신선하고 아름다운 몸 안에 가득 담겨 있었다. 그녀가 왔다. 나는 아무런 저항의 몸짓도 하지 못하고 그녀의 모든 것을 완전히 받아들였다.

"나를 타오타오라고 부르면 돼."

타오타오.

*

"이 집에는 아주 많은 여자가 왔었겠네!"

그녀가 내 몸 위로 반듯이 눕자 내 젖꼭지가 그녀의 머리카락에 찔려 부풀어 올랐다.

"아주 많을 거야! 기억은 잘 안 나."

나는 마구 뒤엉켜 말린 그녀의 음모를 세심하게 손가락으로 빗어주었다. 정원사가 꽃과 나무를 다듬는 것 같았다. 이건 내가 무척 좋아하는 활동이었다.

"그녀들은 어디 있지?"

"다 갔어."

"어디로 갔는데?"

그녀가 몸을 돌려 나를 힐끗 쳐다보았다. 회갈색 눈동자가 나를 씹어 먹을 것 같았다.

"결혼한 사람도 있고, 사라진 사람도 있어.

죽은 사람도 있지."

그랬다. 그 가운데는 죽은 아이도 있었다. 베란다의 철제 건조대에 목을 매 비에 온통 젖었는데도 발견되었을 때 얼굴에는 여전히 웃음기가 남아 있었다. 그 웃음기가 내 뼛속까지 스며들어 비가 올 때마다 나는 참을 수 없을 만큼 몸이 시리고 추웠다.

"왜 그랬던 거야?"

회갈색 눈동자가 남보라 빛으로 바뀌었다. 그녀가 황급히 미소를 지었다.

"나중에는 항상 그랬어."

내가 말했다. 너도 그렇게 될지 몰라. 항상 그랬으니까.

나 혼자만 남으면 혼자 살아갈 것이다. 그럭저럭 살아갈 것이다. 최대한 비천하고 잔혹하게 살아갈 것이다. 나의 폴리스에서 살아갈 것이다.

"나는 가지 않아.

이야기를 다 듣기 전까지는 가지 않을 거라고."

타오타오는 내 손가락을 하나하나 다 깨물었다. 그러고는 그 여자아이들에 관한 상상에 흠뻑 취해 잠이 들었다.

"내게는 이야기가 없어."

그렇게 지리멸렬하고 더없이 황당무계한 잠꼬대는 너에게 어울리지 않아. 타오타오. 지나친 호기심은 고양이 한 마리를 죽일 수 있지. 이야기를 다 듣고 나면 과다하게 긴장했던 상황은 결국 지나가고 그저 전율과 공포……혐오만 남아.

"나는 듣게 될 거야. 네가 반드시 말해줄 테니까."

타오타오는 꿈을 꾸면서 반복적으로 속삭였다. 면밀한 어조가 내 이마를 관통해 머릿속을 뒹굴면서 소리를 내고 있었다.

언젠가는 말하겠지. 네가 그때까지 남아 있다면 말이야.

*

아이가 밤에 깨어났다.

아이는 충분히 컸다. 옆에 있는 낮은 침대에서 혼자 잘 수 있었다. 하늘색 모기장에는 작은이모가 만든 각종 채색 공이 잔뜩 매달려 있어 아이는 밤새 꿈속에서 잠을 잤다.

방 안의 다른 회녹색 모기장은 세계의 중심이었다. 그 신비한 나라에 들어갈 수 있기를 바라던 아이는 또다시 어린 시절로 돌아가 여자들의 품 안으로 웅크리고 들어갔다. 기복하면서 교차하는 두 가지 향과 맛을 빨아들이고는 매우 안전하다고 느꼈다. 그런 밤이었다.

아이는 오줌이 마려워 깨면 모기장을 뚫고 나와서야 침대에서 일어났다. 눈앞에 펼쳐진 광경에 아이는 멍한 표정을 지었다. 아이는 침대 옆에 쪼그리고 앉았다. 온몸에 열이 펄펄 나면서 뼈에서 우두둑 소리가 날 정도로 몸을 떨었다……

회녹색 모기장 꼭대기에서 주황색 연기가 위로 올라가고 있었다. 방 안에는 달달한 과자 냄새가 가득 차 바퀴벌레들이 광란의 춤을 추었다. 아이는 짐승들이 서로 물고 뜯고 쫓고 울부짖는 소리를 들었다. 잠자리가 날개를 퍼덕이는 소리를 들었고 고양이가 고통스럽게 광란의 환호성을 내지르는 소리를 들었다. 노랗고 흐릿한 등불 빛을 따라 모기장 아래 두 사람의 그림자가 거대하게 변했다. 서로 뒤엉켜 구르며 부딪치는 모습이 아이의 눈에서는 말리고 겹쳐지면서 기이하게 변했다……

간과 폐부를 찢는 듯한 날카로운 소리에 아이는 바지에 오줌을 지리고 말았다.

*

"매번 책상에 앉아 있을 때는 도무지 널 모르겠어.

도대체 뭘 쓰는 거야?"

타오타오가 등 뒤에서 걸어와 내 손에 있는 펜을 꼭 잡고는 코로 내 목을 이리저리 문지르고 냄새를 맡다가 입을 벌려 내 귓불을 머금고는 귓바퀴에 혀를 집어넣고 핥았다. 내 고막에서는 뜨거운 열기가 솟아났다. 찰랑거리는 물보라가 해안을 때렸다.

"그냥 색정소설일 뿐이야.

돈을 사취하려는 장난이지."

내가 말했다. 이런 건 눈을 감고 써도 남자들로 하여금 피가 솟구치게 할 수 있었다.

"내가 말하는 건 그 검은색 노트야."

타오타오가 내 태양혈을 어루만지자 안에서 심장이 쿵쿵 뛰었다.

그 검은색 노트.

그 노트는 몇 년 동안 줄곧 나와 함께했다. 안에 있는 건 전부 추잡한 쓰레기들이라 차마 남에게 보일 수 없었다. 그게 바로 내 마음이었다.

나는 입을 다물고 아무 말도 하지 않았다. 눈도 감았다. 뜨거운 열기가 머리 위로 솟구쳐 미친 듯이 요동쳤다. 새벽 4시였다. 나는 테킬라 반병을 마셨다. 반쯤 마비된 혀가 목을 매 죽은 여자아이처럼 늘어져 있었다.

혀.

타오타오는 내 책상에 다리를 올린 채 앉아 있었다. 잉크가 잔뜩 묻은 종이 위에서 유백색 엉덩이가 꿈틀거리자 황금빛 허벅지 위로 촘촘한 글씨들이 가득 기어 올라왔다. 내가 그녀의 사타구니에 머리를 파묻자 촉촉하고 따스한 체액이 내 눈꺼풀과 콧방울을 따라 미끄러져가다가 입술에서 멈췄다. 눈물 같은 짠물이 입안으로 들어와 심장과 폐, 간장을 씻어내더니 쾅 하고 굉음이 울렸다.

위 속 테킬라 폭탄이 희뿌연 연기로 변했다.

*

며칠이나 지났을까? 타오타오는 나의 세계로 들어오더니 이리저리 돌아다니며 외부의 수많은 소식을 가져왔다. 그녀는 매일 이른 아침 꼭 시장에 가서 장을 보고 노점 상인들과 이야기를 나누고 이웃들과도 인사를 주고받고 화려한 세상의 온갖 색채를 가지고 돌아와서는 이를 하나하나 집 안에 파종했다. 나는 그녀가 마음대로 하게 내버려두었다.

"여고생 두 명이 죽었어."

그녀가 말했다. 신문에는 며칠 동안 여학생들의 사진과 유언, 교사와 친구, 부모들의 눈물이 실렸다……

그녀는 신비한 이야기를 좋아했다.

"늘 이런 식이지."

내가 말했다.

무수한 어린 여자애들이 이런저런 이유로 알 수 없이 죽어갔다. 며칠이 지나면 사람들은 그 아이들의 사망 소식을 잊는다. 그러고 나면 또 다른 사람들이 죽는다…… 이렇게들 죽기 마련이다……

하지만 나는 그런 부고를 잘 알고 있었다.

"그 아이들이 그러더군.

이 세상의 본질은 자신들과 맞지 않는다고 말이야."

타오타오는 시를 읽듯이 그 여학생들의 유언을 낭송했다.

여러 해 전에 여자아이가 하나 죽었고 지금 그 아이의 시신은 이미 재와 연기가 되어 사라졌는데 나만 홀로 살아남아 그녀가 남긴 집에 거주하고 있었다.

"나를 피하지 마."

타오타오가 내 얼굴을 돌리면서 손가락으로 내 눈꺼풀을 벌렸다.

내 아름다운 아이의 눈에 잔뜩 핏발이 서 있고 거칠게 숨을 쉬면서 울부짖고 있었다.

"나는 그렇게 되지 않을 거야.

날 믿어."

타오타오, 사실 나는 죽음이나 파멸 같은 것에 개의치 않아.

그런 건 아주 오래전에 나를 수백수천 번 좌절시켰지. 지금은 더이상 내게 상처를 입히지 못해.

하지만 확실히 나는 그녀가 떠날까봐 두려웠다.

결국 떠날 것이었다.

*

아이와 여자 합쳐 셋이었다. 포대기에 싸여 뜨거운 모래 먼지와 진흙탕 위로 도망쳤던 것을 아이는 다 기억하고 있었다.

하지만 마을에서는 그녀들의 내력을 알고 있는 사람이 없었다. 언제 그녀들이 사탕수수가 무성하게 자란 이 마을에 도착했는지 조사해본 사람도 없었다.

나이 많은 사람은 그저 어느 날 갑자기 공기에 사람들을 미혹하는 달콤한 향기가 가득 퍼졌던 것을 기억할 뿐이었다. 마을의 개미 떼가 흑갈색 양탄자처럼 멀리까지 길게 이어졌다. 아이들이 일제히 울어대기 시작했고 남자들은 알 수 없는 욕정을 참지 못해 사방으로 달아났다.

긴 양탄자는 대나무 판 다리를 건너고 강변을 따라 길을 지나 비탈 위의 작은 집을 향했다. 그 끝에는 두 여자와 땅바닥에 앉아 개미를 잡아먹고 있는 아이가 있었다. 한 여자는 키가 크고 한 여자는 작았다. 키 작은 여자는 하얗고 노리끼리한 가오빙이 가득 실린 외바퀴 수레를 밀고 있었다. 키가 크고 호리호리한 여자는 새까만 머리를 두 갈래로 땋고서 사람들을 응시하고 있었다. 그 큰 공허한 눈과 살짝 벌린 큰 입은 마치 세 장의 커다란 그물망처럼 순식간에 남자들의 정액과 피땀을 포획해 온 바닥을 끈적끈적하게 만들었다……

세 사람이 마을에 정식으로 등장한 것은 기괴하고 기이한 일이
자 화근과 재난의 불길한 징조였다……

"그 집 여자들 말이야."

이는 마을 사람들이 그녀들에게 붙여준 이름이었다. 여자의 집
과 여자의 가오빙, 여자의 아이에 대해…… 사람들은 혐오하면서
도 호기심을 드러냈고 두려움에 가슴을 졸이면서도 이러쿵저러쿵
뒷공론을 이어갔다. 이때부터 날씨마저 변해버렸다.

그 폐쇄되고 황량한 오래된 세계에서 여인들은 기적처럼 살아
갔다.

*

"이런 집이 있다는 건 정말 불가사의한 일이야."

타오타오는 세수를 하고 머리를 빗은 다음 내 흰색 긴 장삼을 입
었다. 헐렁한 무명천 아래로 그녀의 호리호리한 몸이 보이다 말다
했다. 그녀는 반복해서 이 건물 위아래 층을 돌며 가구들의 장식품
을 찾았다. 확실히 찬탄할 만한 일이었다. 40평에 가까운 공간에
몇 년 동안 사방을 주유하며 포획한 사냥감들과 각양각색의 여인
들이 남긴 다양한 유적이 가득 쌓여 있었다. 모든 여자가 이 집에
들어오면 반드시 이런저런 물건들을 남김으로써 기이함과 아름다
움을 다퉜다. 하나같이 이 집의 가장 중요한 자리를 차지하고 싶어

했다.

"이 모든 것이 밤을 보내기 위한 자금이야.

돈이 부족할 때는 전당포에 잡혀 생활비로 쓸 수 있지."

나는 웃었다. 그녀의 눈에는 항상 꿈결 같은 빛과 그림자가 흐르고 있었다. 이 아이는 환상을 좋아하는 소녀였다.

"하지만 나는 가진 게 아무것도 없어."

타오타오가 홍목 아편 침상에 다리를 접고 앉아 탄식했다.

"전부 남자 집에 남겨두고 왔거든."

"난 너만 있으면 돼."

내가 말했다. 목소리가 조금 떨렸다. 나의 이 말이 그녀를 놀라게 할까봐 걱정한 탓일 것이다.

"그래. 난 너만 있으면 돼."

내가 다시 말했다. 동공이 커지고 두 다리가 풀렸다. 하체가 더없이 뜨겁고 축축했다.

그녀는 단번에 장삼을 벗어던지고 이어서 순수하고 여린 몸을 다 드러냈다.

"가져. 내 마음까지도.

전부 다 네게 줄게."

또다시 혼절하지 않기 위해서 나는 극도의 자제력을 발휘해야 했다. 나는 그녀의 청춘과 아름다움에, 그녀의 열렬함과 야만적임에 탐닉하여 죽음과 선경仙境을 추구했다.

나는 감히 그녀의 마음을 바라지 않았다. 그저 이 순간이 사라지

70

지 않기를 애걸할 뿐이었다.

그녀는 초췌한 몰골의 내 영혼을 일깨워주었다.
그 집에서 밤낮으로 슬피 울던 여인을 위로했다.

타오타오, 그녀가 처음 왔을 때였다.

*

"나는 아주 먼 곳에서 왔어. 일 년 내내 구름과 안개가 휘감고 있
는 곳에 집이 있지.
　산에서 내려가 일을 하는 사람들은 전부 이 도시를 동경했지. 그
들이 말했어.
　'좋은 것은 뭐든 여기 다 있어.'"
　그녀가 말했다.
"고등직업학교를 반년 다니다가 남자랑 도망 나왔어.
　우리는 가라오케에서 살았지. 그는 도련님이고 나는 공주였어.
　꼭 동화 같지 않아?"
　타오타오는 빨갛게 부풀어 오른 음부를 문질렀다. 심하게 물어
뜯은 음순은 붉게 물들어 물이 떨어질 것만 같았다. 그녀의 눈에도
몹시 아파 보였다.
"나중에 그는 돈에 미쳐버렸어. 돈 1만 타이완달러 때문에 나더
러 다른 사람과 잠자리를 하라더군. 안 그러면 내 얼굴을 그어버리
겠다면서.

1만, 8000, 7000, 6000 심지어 3000, 2000달러에 몸을 팔던 세월은 정말 기묘했어! 나중에는 집에 부쳐줄 돈도 없었지.

그래서 도망쳐 나왔어.

좋은 것은 뭐든 여기 다 있다고? 집에 돌아가지도 못하는데?"

타오타오가 중얼중얼 자신의 이야기를 늘어놓는 것이 마치 콧노래를 부르는 것 같았다. 가볍고 낭랑한 목소리였다. 그녀의 몸에 어떤 흔적도 남아 있지 않은 것 같았다.

"네 이야기는?"

그녀가 물었다. 사실 그녀가 나를 만난 건 겨우 사흘 밤낮밖에 되지 않았다.

내 이야기를 듣고 싶다고?

알 수 없었다. 아주 오랫동안 나는 나 자신을 기억해본 적이 없었다. 내가 쓴 것은 우스꽝스러운 거짓말에 불과했다. 내가 이야기를 쓰는 것은 돈을 벌기가 쉽기 때문이었다. 많이 먹으면 변비에 걸리지 않기 위해 많이 배설해야 하는 것과 마찬가지였다. 내 독자들이 원하는 것은 오로지 극도의 흥분과 발기, 절정 그리고 사정과 경련, 타액 분비 같은 것뿐이었다. 진정으로 내 이야기를 듣고 싶어하는 사람은 한 명도 없었다.

그러다가 그날 밤, 수많은 날이 지나간 그날 밤이었다. 타오타오가 정성껏 준비한 섹스의 만찬을 마치고 나는 생크림을 듬뿍 바른 그녀의 달콤한 머리카락을 씹고, 매운 겨자향이 나는 눈썹을 하나하나 핥았다. 나는 길고 가는 데다 약간 말려 있는 그녀의 속눈썹이 위태롭게 떨리면서 붉은빛을 발하는 것을 주시하고 있었다. 거의 발광하려는 것 같았다…… 그녀의 몸에 있는 모발이 내 구멍으로 깊숙이 파고들어와 아주 신속하게 내 신경들을 건드렸다……

"말해줘! 어서. 내게 말해달라고!"

그녀는 신음하면서도 세 번이나 애걸했다.

마술의 주문 같은 자구가 내 마음을 소리가 나도록 찰싹찰싹 때렸다. 정신이 혼미해진 나는 몸을 지탱할 수 없었다. 그녀가 내 젖꼭지를 세게 빨자 핏빛 액즙이 흘러나왔다. 발바닥에서부터 위를 향해 솟구쳐 올라온 크고 격렬한 자극이 나를 무너뜨릴 것만 같았다…… 잘 익은 석류가 쩍 하고 쪼개지는 것처럼 나는 바닥에 온통 신선한 선홍색 아름다움을 폭발시키고 말았다.

"그 애는……"

오리무중에 빠진 것 같았다. 그 애는, 네게 해줄 수 있는 이야기가 그 애 이야기밖에 없는데, 정확하게 하진 못할 거 같아. 타오타오, 이번 한 번만 아주 오래된 그 전설을 말해줄게. 딱 이번 한 번만이야.

아이였다.

*

죽은 여자아이였다.

그 애는 내 첫 번째 여자였다.

처음 이 광기의 도시에 도착했을 때 그 애를 만났다. 당시 그 애는 나를 이끌고 아무것도 없는 이 오래된 집으로 들어와서는 내게 자신을 보여주었다.

크기가 다른 두 개의 젖가슴을 보여주었다.

"왼쪽은 큰이모. 오른쪽은 작은이모라고 불러."

그 애가 말을 꺼내자마자 나는 끝이라는 것을 곧장 알아차렸다. 도망칠 수 없었다. 그녀의 마법이 천 리 길을 달려서라도 나를 쫓아올 것 같았다. 그 애는 나의 두려움과 그리움을 이용해 순식간에 내 마음을 강점해버렸다.

이름 없는 여자아이는 두 젖가슴 사이에 입이 하나 나 있어 쉭 하는 소리와 함께 단숨에 나를 산 채로 집어삼켰다.

우리는 이 집에 둥지를 틀고 밤낮으로 광적인 환락에 빠졌다. 그 애는 본드를 흡입했다. 한 병에 몇 달러밖에 안 하는 강력 본드만 있으면 밤새 쾌락에 빠질 수 있었다. 나는 먼저 맥주로 배를 채운 다음 본드를 흡입해서 다시 그 미개하고 황량한 상태로 돌아가는 것을 더 좋아했다. 우리는 수중에 가진 얼마 안 되는 돈을 전부 털어서 무수한 쾌락으로 교환해 전부 소진해버렸다.

그 뒤로 그 애는 정거장이나 버스, 화물회사, 영화관 등을 돌아다니며 물건을 훔쳤다. 수법이 아주 능숙하고 절묘했다. 그 애의 외모처럼 화려했다.

나는 종일 크고 작은 당구장을 돌아다니면서 사람들과 당구내기를 하거나 주량을 겨루는 술판을 벌였다. 술에 취하면 딴 돈을 세면서 미친 듯이 웃어댔다.

열아홉 살이던 우리는 이 도시에서 왕처럼 군림했고 생명의 정상에서 군림했다.

여자아이의 스무 살 생일 전야에 나는 술에 취해 당구장에 쓰러져 있었다. 깨어나보니 내기 점수를 세던 아가씨의 침대에 누워 있었다. 참지 못하고 그녀의 두 룸메이트와 날이 밝을 때까지 뒤엉켜 섹스를 했다. 환락의 교환이었다…… 나의 엄청난 신음과 숨소리 속에서 여자아이는 의자에 올라가 베란다 건조대에서 스타킹으로 목을 맸다.

곧게 축 늘어지더니, 죽었다.

내가 온몸에 술 냄새가 배고 피로에 찌들어 집에 돌아왔을 때, 그 애는 이미 딱딱하게 굳어 있었다. 큰비가 발코니에 들이쳐 간신히 남은 장미 꽃잎을 온 바닥에 흩트려놓았다. 그 애는 온몸이 다 젖어 있었고 얼굴은 창백하게 부어 있었다. 혀는 길게 입 밖으로 늘어져 있었다. 죽어 있는 모습이 너무 아름다워 조사하러 온 경찰들마저 감탄해 마지않았다.

"나는 이 세상이 싫어."

화장대 거울에 보라색 매니큐어로 비뚤비뚤하게 쓰여 있었다.

그때 나는 그 애가 내 몸 깊숙이 죽음의 뿌리와 싹을 심어놓았다는 것을 알았다. 그 싹은 내가 직접 물을 주고 키워야 했다. 내가 만신창이가 되어 부서지고 쇠잔하면 그 싹이 다시 나를 산 채로 집어삼킬 것이었다.

나는, 구차하게 살고 있다. 그 애가 버린 세상, 그 애가 떠나버린 집에서 살아가고 있다.

*

"그 애가 무섭지 않아?"

타오타오는 저녁 8시 드라마를 다 보고 나서 큰 접시에 마카로니를 담아 위층으로 가져왔다. 그녀의 말은 항상 두서가 없고 종적을 찾을 수도 없었다. 그냥 툭 하고 터져나왔다.

"뭐가 무섭다는 거야?"

나는 담배를 피우고 있었다. 연기에 가려진 그녀의 얼굴은 허구 같았다. 자신이 이 나이에도 아직 이런 여자아이를 향유할 수 있다는 것이 정말 불가사의하다는 생각이 들었다.

"그런 밤이 무서워서 또 바지에 오줌을 쌌어."

그녀는 입을 크게 벌리고 열심히 마카로니를 먹었다. 입술에는 빨간 토마토케첩이 묻었지만 눈빛은 더없이 맑게 반짝였다.

다음에는 그럴 리 없었다. 아이들은 바지에 오줌을 싸면 다음 날 그늘에 말렸다. 학교에서 돌아올 때는 일부러 이웃 마을을 돌아다니면서 한참을 근심에 젖어 있다가 간신히 집으로 돌아왔다.

대나무 울타리 앞에 멈춰 선 아이는 심장박동이 빨라졌다. 그 밤만 지나면 무슨 일이든 다 바뀔 수 있을 것이라고 생각했다. 아이는 대나무 울타리를 밀어젖힐 용기가 나지 않아 우물쭈물했다. 어제 그녀도 그 난투극에 뛰어들었던 것처럼 온몸이 욱신거렸다……

얼마 후 작은이모의 노랫소리가 가볍게 울려 퍼졌다. 이전과 다르지 않았다.

아이는 그제야 마음이 놓였다.

들어가야 할 곳은 여전히 그녀가 오랫동안 돌봐온 세계였고, 집 안의 여인들은 여전히 서로를 깊이 사랑했다. 어제와 같았고 어제의 이전과도 똑같았다.

아이는 힘껏 침을 삼키면서 밤이 오기만을 기다렸다.

그 뒤로, 아이는 이런 밤을 무수히 보냈다. 이런 밤들이 그녀의 뼈와 피에 자양분을 주었고 피부와 근육을 포동포동하고 반질반질하게 만들었다. 이렇게 아이는 점점 자라갔다.

"정말 행복해!"

타오타오가 내 앞으로 다가오더니 내 상의 단추를 풀고 손을 가슴 깊숙이 집어넣고는 마음대로 쓰다듬었다. 눈빛에 술기운이 담겨 있었다. 두 볼도 붉게 물들어 있었다. 그날 밤의 성대한 연회를 상상하고 있었다…… 집 안의 여자들을 상상하고 있었다…… 아이의 모든 이야기가 그녀를 흥분시켰다.

내 가슴이 갑자기 욱신거려왔다. 그녀의 눈빛에 담긴 술기운 속에 어떤 장면들이 하나하나 나타나기 시작했다. 두 눈을 힘껏 꼭 감아도 사라지지 않았다. 다시 한번 그녀의 몸속으로 들어가 비호를 받고 싶었다. 나는 타오타오가 자신의 정력으로 나를 만회해주기를 갈망했다. 발을 헛디뎌 끝이 보이지 않는 심연으로 떨어지기 전에 얼른 나를 잡아주기를 기대했다…… 다시 돌아오고 싶지 않았다.

사탕수수 밭에서의 그 시간으로.

*

점점 나는 자신이 변했다는 것을 인식하게 되었다. 타오타오는 대단히 훌륭한 요리 솜씨와 왕성한 성욕으로 나를 잘 먹여 혈색이 좋게 만들었다. 머리는 단순하지만 사지는 발달한 이 아름다운 소녀가 나 같은 폐물을 끌어당겨 부지불식간에 자신이 구축한 세계로 들어갈 수 있게 해주었다. 내 생명의 초기부터 철저하게 닫혀 있던 영혼이 지금은 완전히 터져버려 구멍이 무수했고, 그녀는 그 틈으로 들어왔다. 오랫동안 누군가 곁에 있으면 잠을 자지 못했던 습관도 그녀의 거듭되는 기습에 와해되어버렸다.

이 짐승은, 내가 온 힘을 다해 방위하던 폴리스에 침입해 들어오더니 순식간에 자신의 광적인 환락의 낙원으로 만들어놓고도 그런 사실을 전혀 알아차리지 못했다.

끝내 이런 날이 오고 말았다!

그럼 다시 할까? 내가 스스로 빠져나올 수 없다는 걸 깨달았을 때, 그녀도 몸을 돌려 떠나버릴까? 과거처럼 그렇게 완전히 사라져버릴까?

항상 이런 식이었다. 허약하게 슬피 울부짖으면 감정이 이 지경에 이르러 썩기 시작했다. 내가 조심하지 못해 게임의 룰을 깨뜨린 것이다. 아름답고 행복한 사랑이 어떻게 위대할 수 있을까? 모든 사람이 책을 덮고 탄식할 만한 비극을 기대하지 않던가?

"정말 행복해."

타오타오가 말했다.

"그다음은?"

그다음이라고?

그다음에는, 먼저 화장실에 가서 대변 좀 보고 올게. 대변을 보고 와서 말해줄게.

*

아이가 마당의 앉은뱅이 의자에 앉아 있었다.

싹둑, 큰이모가 가위를 들고 작은이모의 긴 머리카락을 싹둑싹둑 자르고 있었다. 바람이 불어 땅바닥에 떨어진 머리카락이 허공에 날리며 미친 듯이 춤을 추더니 한 마리 한 마리 까마귀로 변해 사탕수수 밭 저편으로 날아가버렸다······

"집에 있어. 밖에 나오지 말고.

그 남자들을 조심해."

큰이모의 묵직한 목소리는 무척 단호했다. 하지만 곧이어 또다시 작은이모의 짧은 머리를 부드럽게 쓰다듬어주면서 나지막한 목소리로 어차피 앞으로 또 자랄 것이라고 말했다······ 작은이모는 시종일관 웃으면서 이렇게 하니까 편한 데다 빗질을 하지 않아도 되니 정말 좋다고 말했다. 작은이모는 그때까지 자신이 아름답다는 걸, 사람들을 모두 미치게 만들 정도로 아름답다는 걸 알지 못했다. 심지어 작은이모는 외부 세계의 소리를 하나도 알아채지 못한 채 그저 작은 방 안의 사물들에만 몰두하고 있었다. 자신만의 작은 우주에 심취해 있었던 것이다.

여러 해 동안 작은이모는 시종 자신이 시원하다고 생각하는 5부 단발머리만 고수했고 철에 맞지 않는 깁고 또 기운 검은 바지를 입었다. 이처럼 성별이 없는 동녀로 보이는 옷차림은 오히려 더 신비한 코드가 되었다. 얼마나 많은 사람이 시장 안을 배회하면서 말랑말랑한 가오빙을 조금씩 씹어 먹으며 머릿속으로는 그 동녀의 몸에서 나는 체취를 상상했는지 모른다……

아이는 자전거를 타고 5킬로미터 떨어진 중학교에 다녔다. 아이는 버스를 타고 15킬로미터 떨어진 고등학교에 다녔다. 큰이모의 몸과 손은 여전히 건강했지만 머리에는 얇게 백설이 덮였다. 아이는 그렇게 성장했다.

시간은 쏜살같이 흘렀지만 작은이모의 아름다움은 나날이 더해갔다.

아이는 마을에 사는, 미간에 짙은 자줏빛 반점이 있는 여자아이를 사랑하게 되었다. 여자아이는 매일 다른 남자아이의 오토바이를 타고 문을 나섰지만 뒤에 서 있는 아이가 간절한 눈빛으로 자신을 바라보는 것은 보지 못했다.

아이는 커다란 검은색 노트에 수많은 시를 적었다. 꿈속에서 아이는 늘 훌쩍였다.

모기장 속에서의 야연夜宴은 오랫동안 열리지 않았다.

과거에 매일 그랬던 것처럼 저녁 무렵이면 아이는 큰이모가 작은이모의 머리를 감겨주고 바람에 머리가 다 마르면 두 사람이 손을 잡고 조용히 이야기 나누는 모습을 볼 수 있었다. 이어서 아이에게 학교생활에 관해 묻곤 했다. 아이의 마음속에는 행복이 팽창했고 특별히 그 여자아이가 보고 싶었다. 여자아이의 머리칼은 아이의 꿈이었다.

정욕이라는 미치광이 악마가 밤낮으로 아이의 마음을 갉아먹고 있다는 것을 아무도 알지 못했다.

고등학교 3학년에 올라간 그해 여름방학에 여자아이는 시집을 갔다. 들리는 소문에 의하면 크게 번화하고 좋은 곳이라고 했다. 아주 아주 먼 곳이라고 했다.

혼례 날 징 소리와 북소리가 하늘을 울렸다. 큰이모는 작은이모를 데리고 파격적으로 구경을 갔다.

하지만 아이는 사탕수수 밭에 숨어 있었다. 연필 깎는 칼을 쥔 손을 쉴 새 없이 떨고 있었다.

사람을 울게 만드는 사탕수수 밭이었다.

*

"아이는 그때 죽음을 떠올렸을까?"

타오타오의 얼굴에 아직 가시지 않은 홍조가 내게 작은이모의 얼굴을 떠올리게 했다. 그 아름다움은 정말로 사람을 아프게 했다.

"그래, 아이는 정말 죽고 싶었어. 날카로운 칼날이 가볍게 손목을 스쳤을 뿐인데 그렇게까지 아플 줄은 생각도 못 했지! 아이는 선혈이 철철 쏟아지는 것을 보고는 하마터면 기절할 뻔했어. 그 순간 아이는 자신이 아픈 걸 두려워하고 죽는 걸 두려워하는 형편없는 겁쟁이라는 걸 알게 되었어. 게다가 이렇게 비겁하게 길고 긴 일생을 살아야 한다는 것도 알게 되었지."

말하면서 나는 여전히 그 차가운 칼날과 따스한 피 그리고 사탕수수 밭에 불던 바람 소리를 느낄 수 있었다. 그런 정경이 내 안에 계속 도사리고 있어 오랫동안 나를 전율케 하고 당황하게 했다. 그래서 나 자신을 억제하기 어려웠다······

"아이는 연필 깎는 칼을 거두고 치마와 양말로 손목의 피를 닦아내려고 안간힘을 썼지만 닦으면 닦을수록 피가 더 많이 나오리라고는 미처 생각 못 했지. 아무리 해도 피를 멈추게 할 순 없었어. 아이는 진한 피비린내를 맡았지. 하늘마저 핏빛으로 물들었어. 까마귀들은 미친 듯이 떼를 지어 깍깍 울어대면서 허공을 이리저리 맴돌았지. 바람도 세차게 불어댔어. 멀리서 여전히 희미하게 징 소리와 북소리가 들렸지만 사방에서 목이 잠긴 채 남자들이 슬피 울부짖는 소리가 들려왔어······ 아이는 발을 빼 미친 듯이 달렸지. 정말 혼비백산했어······"

"뭐가 아이를 놀라게 했던 거야?"

타오타오는 흥분하고 긴장한 모습이 역력했다. 두 손으로 내 다리를 꼬집는 바람에 정말 아팠다.

너무 아팠다! 여기까지 얘기한 나는 거의 무너지기 직전이었다. 나는 이런 이야기를 잘 하지 못했다. 그 아이의 이야기는 이미 내 시간을 너무 많이 잡아먹었다. 그래서 더 이상 수고하고 싶지 않았다…… 게다가 이야기는 거의 막바지에 이른 터였다. 그러니 그다음에 무엇으로 아름답고 이야기 듣는 걸 좋아하는 이 아이를 붙잡아둘 수 있겠는가?

항상 이런 식이었다.

"나랑 섹스해! 타오타오, 이야기를 끝마치기 전에 한 번 더 네 몸을 맛보고 싶어. 맨 처음처럼 날 미치게 만들어서 거의 기절하게 해줘. 영원히 깨지 않으면 정말 좋겠지만……"

아이가 끝없이 넓은 사탕수수 밭을 미친 듯이 뛰었을 때, 그 비릿하고 달콤하면서 사람을 취하게 만드는 피바다 속에서, 짐승의 포효 같은 그 울음소리 속에서, 나는 천천히 타오타오의 몸 안으로 들어갔고 그녀 역시 내 몸 안으로 들어왔다. 최대한 부드럽고 애틋하게, 최대한 광포하고 격렬하게…… 어쩌면 마지막 한 번일지도 몰랐다.

성의 제전祭奠이었다.

*

사랑의 제전이었다.

아이는 사탕수수 밭 끝에, 그 끝에 이르렀다.

황폐해져 잡초만 무성한 이 넓은 땅에서 아이는 더 이상 전진할 힘이 없었다. 아이는 커다란 눈을 휘둥그레 뜨고도 정말로 자신의 눈을 믿을 수 없었다. 너무 놀라 눈이 흐려지지 않고서야 어떻게 이런 일이 일어날 수 있단 말인가?

초등학교 때 아이를 3년 동안 가르쳤던 선생님은 얼굴이 청려하고 우아하고 점잖은 사람으로, 마을에서 가장 전도가 유망한 미혼남으로 공인되어 있었다. 그해에 이 선생님이 집으로 가정방문을 와서는 큰이모와 아주 오랫동안 즐겁게 이야기를 나눴다…… 작은이모를 보고 찻잔을 바닥에 떨어뜨려 깨뜨린 선생님은 다음 날 아주 예쁜 찻잔 세트를 가지고 다시 찾아왔다……

선생님은 지금 피바다 위에 앉아 있었다. 머리카락에는 진흙과 풀의 잔해가 잔뜩 묻어 있었다. 입은 알 수 없는 뭔가를 씹으면서 피가 잔뜩 섞인 침을 흘리고 있었다. 얼굴과 손, 옷에는 온통 선혈이 낭자했다. 그는 쉴 새 없이 혼잣말을 되풀이하고 있었다.

아이가 앞으로 가까이 다가갔다. 그 피바다 속으로 다가갔다. 작은이모가 보였다.

이때 아이는 자제력을 잃고 목 놓아 울기 시작했다. 천지를 놀라게 하는 울음소리였다. 갑자기 하늘에서 주룩주룩 장대 같은 비가 쏟아지기 시작했다. 땅이 격렬하게 흔들리자 멀리서 술자리를 벌이던 마을 사람도 모두 당황하기 시작했다.

작은이모의 벌거벗은 몸은 이미 온전치 못한 모습이었지만 그 절세의 미모는 여전히 고스란히 드러나 있었다. 생전에 아이가 자주 봤던 그 모습 같았다. 공허하고 큰 눈과 막막한 미소, 핏방울이 튀긴 했지만 여전히 앳되고 순진무구한 얼굴이었다. 아이는 그 광경에 몸이 얼어붙었다. 너무나 아름다워 절망을 느꼈기 때문이다.

"이모를 죽이지 않으면 안 돼, 죽이지 않으면 안 된다고……"

아이는 중얼중얼 혼잣말을 반복하면서 울다가 웃고 또 웃다가 우는 그 남자에게로 향했다. 순간 그가 하는 말을 알아들었다.

"이렇게 오랜 세월이 지났지만 그녀를 죽이지 않으면 안 됐어. 죽이지 않으면 모두가 살 수 없으니까. 살 수 없게 되니까."

멀지 않은 곳에서 소리를 듣고 몰려온 사람들 가운데 미친 듯이 뛰어온 큰이모는 벌써부터 울음을 터뜨렸다. 억수같이 퍼붓는 빗물이 땅을 한 치 한 치 선홍빛으로 물들이고 있었다. 작은이모의 난자당한 시신은 빗물을 따라 사방으로 흘러내려가고 있었다. 조각조각 흩어진 작은 살점들이 진흙탕이 된 땅속으로 스며들어갔다. 얼굴만 그대로 남아 아이 앞에서 계속 미소 짓고 있었다. 미소 짓고 있었다……

아이는 그 미소를 기억하면서 평생을 괴로워했다.
평생을 향유했다.

*

무수한 낮과 밤이 지나간 후에도 나는 여전히 그 집 안에 있다.

그 여자아이는 훨씬 더 예뻤지만 평범한 아름다움이었다. 나를 제외하고는 누구도 이로 인해 상처받지 않을 것이었다.

"그다음에는?"

그녀는 여전히 아이의 일을 캐물었다.

"나중에 얘기해줄게."

나는 이야기를 종이에 쓰는 법을 배웠지만 그 여자애는 책 읽기를 싫어한 까닭에 여전히 강렬한 흥미를 유지할 수 있었다.

그녀는 잠자리에 들기 전에 반드시 이야기를 들어야 했다. 이야기를 다 들은 다음에는 섹스를 하고 싶어했다. 나의 사랑하는 타오 타오, 그녀를 위해서라도 나는 검은색 노트의 모든 페이지를 뒤적여야 했고, 동시에 또 무수한 붉은색과 노란색, 파란색, 흰색 노트를 써야 했다. 평범한 이야기를 생동감 넘치게 말하려면 간단한 줄거리를 아주 복잡하게 만들어야 했다.

"『아라비안나이트』처럼 말이야?"

그녀가 나의 계략을 알아챘다.

"맞아. 『아라비안나이트』처럼 써야지."

내가 말했다.

결말은 영원히 없었다.

정말 이야기가 끝나는 걸 원치 않으면 영원히 내 곁에 있어. 나는 그저 온 힘을 다해 그렇게 해보는 수밖에 없지. 더 훌륭한 설서인이 되는 거야.

더 재미있는 이야기를 하는 거지.

"그다음에는?"

나는 그 집을 보았다. 등불 아래 두 여자가 있었다. 무슨 얘기를 저렇게 주고받을까? 갑자기 웃기 시작했다. 웃음소리가 드넓은 대지를 향해 밀려가 깊은 잠에 빠진 여인들을 깨웠다……

그 집이었다.

3.

밤의 미궁

아페이阿菲가 말했다.

"모든 인생은 미궁 속으로 들어간 실험용 흰쥐와 같아. 이유도 모르면서 먹이를 찾고 아무런 목적지도 없이 출구를 찾지. 수없이 벽을 만나고 담벼락에 부딪히면서 아주 멀리 간 것 같지만 실은 작은 테두리 안을 빙글빙글 돌고 있을 뿐이야…… 설사 온갖 위험과 고난을 겪으며 마침내 어렵게 종점에 이른다 해도 이는 곧 또 다른 가중된 곤경에 들어가게 됨을 뜻하지. 게다가 완전히 낯선 미궁 속에서 계속 실험 대상이 될 뿐이야……"

*

당시 술집 안에서는 애절하고 감동적인 연가가 흘러나오고 있었다. 하지만 내 눈앞에 떠오르는 것은 빙글빙글 맴도는 흰쥐들이었다. 누군가 내 머릿속에 수많은 탁구공을 쑤셔넣은 것 같았다. 그 작고 하얀 공들이 빙글빙글 도는 바람에 나는 어지러움을 느끼며 방향을 잡지 못했다…… 나는 흰쥐들이 숨을 돌리고 휴식을 취하는 틈을 타 재빨리 입을 열었다.

"어째서 우리는 여전히 계속 그 쓸모없는 미궁 속으로 들어가야 하는 거야?"

아페이가 나를 뚫어져라 쳐다보았다. 그녀가 얼마나 자주 그런 눈빛으로 나를 봤는지는 알 수 없었다. 내 눈동자에 구멍이라도 뚫어 곧장 영혼의 깊은 곳까지 들어올 기세였다.

"왜냐하면 우리 모두 실험용 흰쥐니까!"

정말 끝내주는 대답이었다! 나는 머리를 파묻은 채 계속 향기를 물씬 풍기는 바구니 속의 팝콘을 먹어야 했다. 한 알 한 알 새하얀 장난감 같은 팝콘이 입안으로 들어올 때 또 문득 나 자신도 모르게 술집 입구의 유리 상자가 생각났다. 상자 안에 묘기백출인 그 흰쥐 두 마리는 거의 하룻밤 사이에 고난도의 미혼진迷魂陣을 풀었을 것이다. (쥐의 입장에서 보면 틀림없이 고난도였을 것이다.) 소원이 성취되듯이 접시에 담긴 음식을 다 먹고 나면 술집 주인도 너무 즐거워 피곤한 기색 없이 매일 다른 묘기를 생각해냈다…… 미궁이었다. 흰쥐와 나이 든 주인 사이에 아페이가 말한 그런 맛이 있는 것 같았다……

아페이는 하얀 매니큐어를 잔뜩 바른 열 손가락을 하나하나 세심하게 핥았다. (확실히 열 손가락 전부였다.) 이어서 담배를 천

천히 마지막 한 모금까지 다 피운 다음 꽁초를 비벼 껐다. 그러고
는 다시 손을 뻗어 내 머리칼을 어루만지더니 완전히 다 엉클어트
려버렸다. 이어서 내 눈썹과 눈꺼풀, 콧등을 만지고 인중과 입술을
만졌다…… 목적지는 내 젖가슴이었다. 매번 이처럼 완정한 의식
을 거치고 나서야(노선은 그녀가 심의로 바꿀 수 있었다) 매우 만
족한 기분으로 일어서서 치마를 당기며 선포했다.

"음, 좋았어."

"무대에 올라가야 해."

무대에 올라가야 해, 아페이. 나는 여느 때처럼 조용히 마티니
를 마시고 취해 죽을 것 같은 그녀의 노랫소리에 귀를 기울였다.
기분이 미친 듯이 출렁대고 제멋대로 허공을 떠다녔다. 머릿속으
로 그녀가 오늘 밤에 했던 말들을 한 글자 한 글자 곱씹으면서 그
녀가 이미 내게 깊숙이 젖어들어 몸을 완전히 적신 상황을 상상했
다…… 이런 상상은 깊은 밤까지 계속되었다.

"여러분 안녕하세요? 상고머리 아페이가 여러분께 들려드릴 노
래는
'Send in the Clowns'입니다. (어릿광대가 등장한다.)
미궁에 빠져 이리저리 방향을 틀면서 뛰어다니는 분들께 드리는
노래입니다."

미궁이라고? 나는 그녀의 목소리에 깊이 빠져 어렴풋이 기억해
냈다. 내가 바로 미궁이라 불리는 술집에 와 있지 않은가? (정말로

미궁 안에 있으면서도 길을 잃었다는 것을 몰랐다!)

출구와 입구가 같았다. 들어올 때나 나갈 때나 반드시 그 유리 상자를 지나야 했다.

*

나는 도대체 무엇인가?

왼손 중지가 실종된 전 피아노 교사인가? 3년 전, 아이가 죽고 중지를 잘랐다.

혹시 그 이전이었던가?

다섯 살이 되던 해에 엄마가 내게 음악적 재능이 있다고 생각한(안타깝게도 엄마 한 사람만 그렇게 생각했다) 중요한 순간에, 내 이름은 피아노로 바뀌었다. (모델 넘버 K2309, 제조 회사 'YAMAHA', 연도 미상.) 나는 피아노를 치기 위해 태어난 여자아이였다. (엄마가 나를 가졌을 때 꿈속에서 하얀 코끼리가 피아노를 연주하는 모습을 봤다고 했다. 다행히 엄마가 꿈에서 깨어났을 때는 기억나는 것이 피아노밖에 없었다고 했다.)

그 뒤 10여 년 동안의 고된 훈련을 거쳐 나는 열아홉 살이 되던 해에 연주회장에서 알게 된 남자 아리阿立와 침대에 올랐다. 물론 백발백중으로 임신을 했다. 그리고 만 스무 살이 되던 해에 혼인신고를 했고 엄마는 요양원에 들어갔다.

그제야 나는 사실 나 자신이 아무것도 아니라는 것을 깨달았다.

(GAME OVER. 찾아주셔서 감사합니다.)

도대체 무슨 일이 일어난 걸까! 아무도 정확히 알지 못했다.

지금, 왼손을 이탈하여 독립을 선언한 중지와 불에 타 아름다운 재가 되어버린 갓난아기는 각자 말없이 지구의 가장 깊은 바닥 두 곳에 누워 있을 것이다. 극도로 평안하게, 이미 죽어버린 피아노 소리를 따라, 입을 굳게 다물고 눈도 질끈 감은 채 심장박동이 멈춰 있을 것이다. 그렇게 시간의 강물을 따라 떠내려갈 것이다. 앞으로, 더 앞으로.

영원히 끝이 없는 미궁으로 들어가…… 내 생명 바깥으로 빠져나갈 것이다.

(누군가가 내 마음속에 몰래 문을 열었다. 그런 다음 문짝을 통째로 뜯어내, 가져가버렸다.)

(원래 문이 있던 자리가 커다란 구멍으로 변했다. 그 자리가 텅 비어 있었다.)

(비어 있었다.)

*

마티니, 손가락,　　손가락이 여섯 개인 빵

미궁, 음경陰莖,　　전 피아노 교사

울타리, 터널,　　유골

Duke Ellington

거울. 음도陰道, 변기통　　영원

흰쥐. 혈액　또 다른 유형의 영원　커다란 흰코끼리

K2309,　회전 OT2309

보드카, 쳇 베이커* 또 다른 유형의 회전

백白씨 형제 의 성교

여성용 화장실, 피아노,　 미迷　 엄마

파인애플, 555담배, 궁宮　　 엄마

트럼펫, 흰코끼리,　 KY윤활제

갓난아기 모차르트

　밤 손 나는 흰쥐다

유골 손가락　　 고양이는 나무 위에 있다

상고머리 아페이, 거울을 보다,

팝콘, 입,　 스누피의 작은 집

하늘, 나무 위의 고양이　 쇼팽

　밤의 미궁,

엄마　　　　　 요양원

(결

　　　　　　　　　 함)

줄곧 비어 있다

---

* 재즈 음악의 대가로 1929년 미국에서 출생하여 1988년 네덜란드 암스테르담의
건물에서 떨어져 사망했다.

*

　나는 미궁 속으로 들어왔다.

　그날은 아리의 생일이자 나의 생일이기도 했다. (여러 해 전 그
날 밤, 우리는 서로의 생일을 축하하며 술잔을 들었다. 그의 음경
이 양복 바지 아래서 아주 선명하게 발기했고, 나는 웃었다…….)
지난 몇 년 동안 우리는 특별히 축하할 일이 없었지만 그날은 달랐
다. 아리도 다르다고 말했다. 나는 아마 그가 막 설계 총책임자로
승진했고 시빅 어코드를 벤츠 300으로 바꾸었기 때문일 거라고 짐
작했다.

　"요컨대 너를 즐겁게 해주겠다는 거야."

　아리가 말했다. 그는 항상 이런 식으로 말했다. 그리하여 이사를
하고, 집을 사고, 자동차를 렌트했다. 나 대신 심리 전문 의사를 섭
외하고 부녀성장 단체에 등록했다. 일본어와 프랑스어 가정교사를
섭외했다…… 이 모든 것이 나를 즐겁게 하기 위한 것이었다. (그
럼 내 피아노와 악보, CD, 고양이 두 마리, 갓난아기의 옷 등은 왜
팔아버린 걸까?)

　(엄마는 또 그 요양원으로 옮겨간 걸까?)

　확실히 그는 모든 노력을 다했다.

　그러면 나는 어떤 것들을 했던가? 그저 커다란 방에 들어앉아
어떻게 하면 돈을 다 써버릴지 궁리한 게 전부였다! (자본주의 사
회의 가장 큰 미덕은 소비 아니던가? 그것도 낭비하는 것이 가장
바람직했다. 많이 쓸수록 더 많이 벌 수 있는 법이다.) 하루 종일
있지도 않은 먼지를 닦고, 존재하지도 않는 피아노를 치고, 존재하

지도 않는 고양이에게 먹이를 주고, 존재하지도 않는 아이를 향해 미소 짓고, 존재하지도 않는 음악에 귀를 기울이면서 존재하지도 않는 나의 손가락을 흔들었다⋯⋯ 보기에는 무척 바쁜 것 같지만 실제로는 줄곧 혼자 뭔가를 중얼거리는 것에 지나지 않았다. (부인, 부인의 신용카드는 사용 기록이 전혀 없네요. 이래선 안 될 것 같습니다! 모두가 부인 같다면 아마 타이완 경제는 크게 후퇴할 겁니다⋯⋯.)

그리하여 나는 아리와 함께 미궁에 가기로 했다. 술집이었다.

처음 간 날 밤이었다.

미궁은 아리의 회사 건물 지하에 있었다.

두껍고 무거운 진한 남색 유리문을 밀고 들어가 계단을 내려갔다. 불이 환히 밝혀진 터널로 들어서는 것 같았다. 벽과 천장, 바닥 할 것 없이 눈길이 닿는 곳은 전부 거울이었다. 온통 환한 불빛 아래서 한순간에 천만 개의 자기自己가(나는 오른쪽 눈을 그 작은 구멍에 바짝 가져다 댄 채 응시하고 있었다. 5원짜리 만화통 안의 세계는 이처럼 미묘하고 풍부했다) 튀어올랐다. 고개를 숙이면 자신의 머리를 밟게 되고 머리를 돌리면 오히려 자신과 얼굴을 마주 보게 되었다. 일시에 기이하고 무서운 느낌이 엄습해왔다. 어쩔 수 없이 아래층으로 내려가는 속도가 더 느려졌다. (머리와 어깨, 무릎, 발뒤꿈치, 무릎, 발뒤꿈치.) 자신이 올라가는 것인지 내려가는 것인지 의심이 들 정도로 느려졌다. 이 계단은 끝이 없는 게 아닐까?⋯⋯ (런던 철교가 무너졌다. 무너졌다.)

(그렇게 무너지려 했다.) (눈과 코와 입이.)

마침내 평지를 밟았다. 현관 부분에는 더 이상 그 이상한 거울이 없고 따스하고 튼튼한 나무 재질의 벽과 바닥이 나왔다. 벽에는 수많은 외국인의 사진이 걸려 있었다. 대부분 흑인이었다. 색소폰을 부는 사람도 있고 트럼펫을 부는 사람, 피아노 치는 사람, 첼로를 켜는 사람도 있었다. 그저 담배만 피우면서 아무런 악기도 연주하지 않는 사람도 있었다······ 남자도 있고 여자도 있었다. 투명한 유리문 위에는 대형 포스터가 걸려 있고 포스터에는 '상고머리 아페이와 바이白씨 형제 3인조'라는 문구가 쓰여 있었다. 사진은 없었다.

문 옆에는 나무로 된 장식장이 하나 있고 그 위에 20인치 텔레비전을 옆으로 세워놓은 듯한 유리상자가 놓여 있었다. (상자 안은 보통 사람들은 도저히 생각해낼 수 없는 작은 미궁이었다. 계란에 꼬리가 달린 것 같은 모양의 흰쥐 두 마리가 있는 힘을 다해 찍찍 소리를 지르고 있었다.)

미궁 바.

정식으로 바 안에 들어서기 전부터 나는 이미 여기가 그다지 재미있는 곳이 아님을 감지하고 있었다. 그 거울과 악사들, 그리고 흰쥐가 나를 가슴이 마구 뛰는 극도의 긴장 상태로 몰아갔다······

"겁내지 마. 여긴 내가 잘 아는 곳이야. 자기가 상상하는 그런 곳이 아니라고."

아리는 열성적인 가이드처럼 적시에 나의 당혹감을 무마시켜주었다. (그런 곳이 아니라고? 내가 상상하는 그런 곳이 어떤 곳인데?)

미궁으로 들어섰다.

 사방의 벽은 온통 크기가 다른 수많은 거울로 이루어져 있었다. 다양한 색깔의 구부러진 강철 파이프들이 테이블 다리를 이루고 있고 그 위에 1인치 두께의 유리판이 깔려 테이블 역할을 했다. 하얀 양철판에 꽃이 조각된 극도로 무거운 의자에 앉으면 마치 누군가의 품으로 푹 빠져드는 것 같았다……(나는 줄곧 전방의 그 무대를 주시하고 있었다.)

 바로 앞 반원형 무대 위에 세 명으로 구성된 밴드가 자리하고 있었다.

 왼쪽 끝에는 검은 곰이 웅크리고 있는 듯한 모양의 피아노가 놓여 있고 피아니스트는 담배를 피우고 있었다. 머리칼은 어깨까지 늘어져 있었다. 가냘픈 몸은 검정 수트와 하의가 감싸고 있고 상의 안에는 미색 셔츠를 입고 있었다. 피아노를 칠 때는 술을 마신 것처럼 연신 고개를 흔들었다.

 피아노 소리가 멈추고 무대 오른쪽에서 트럼펫 솔로 연주 소리가 울리기 시작했다. 약간 오만해 보이는 키 작은 남자로 단발머리에 수염을 기르고 있었다. 회색 양복 상의에 하얀 셔츠, 초록색 긴 바지 차림에 변형된 곤충 무늬 넥타이를 매고 있었다. 눈이 부시고 어지러운 느낌을 주었다.

 그리고 그 여자가 있었다.

 '상고머리 아페이와 바이씨 형제 3인조', 그 여자가 바로 상고머리 아페이인가? 시간은 저녁 7시 35분이었다. 아페이가 무대에 올랐다.

나는 기대가 가득 차 있었다. (그 얼굴이 왜 이렇게 낯익은 걸까?)

*

아이는 죽었을 때, 겨우 9개월밖에 되지 않았다.

나보다 훨씬 더 예뻤다. 어른으로 성장한 뒤에는 무척 특별한 여자가 될 것임을 예감할 수 있었다. 애당초 그 애를 낳기 위해 결혼했지만 지금 그 애는 너무 일찍 떠나버리고 나만 홀로 남았다. 잔바닥에 남은 만델링 커피 찌꺼기 같았다. 바람에 말라 단단했다.

그 뒤로 내 인생은 소유권의 명의를 다른 사람에게로 넘긴 생명 같았다. 한때는 생명을 가졌고 그걸 감상할 수 있었지만 이제는 생명에 대해 아무런 힘도 쓸 수 없었다.

나는 겨우 스물다섯 살이었지만 뜻밖에도 이미 100년쯤 산 것 같았다. 아예 생명에 끝이 없는 것 같았다.

*

"다른 사람이랑 자! 절대로 뭐라고 하지 않을 테니까." (진심으로 한 말이었다.)

나는 아리에게 여러 차례 이렇게 말했다. 그가 결국 다른 사람과 잤는지는 알지 못한다. (보라, 나는 권총을 너무 많이 쏘아서 손에 굳은살이 잔뜩 박였다.) 다만 밤중에 깰 때마다 약간 발기한 그의 음경을 볼 수 있었다. 그는 잔잔한 미소를 지으며 나를 향해 탄식하면서 고개를 가로저었다. 무척 슬퍼 보였다.

3. 밤의 미궁 99

(따스한 삽입과 번개 같은 오르가슴으로 감각기관이 전부 풀린다.) 그건 이미 되돌아갈 수 없는 세계가 되었다.

나의 정욕에 대해 말하자면 쥐라기 시대의 공룡이나 마찬가지였다. 일찍이 있었던 적이 있어서 그리움의 대상이 되는 건 확실하고 그 매력도 무시할 수 없지만 그건 필경 아주 먼 옛날의 이야기였다. 게다가 환락의 아름다운 시절은 완전히 사라지고 없었다. (스누피는 항상 지붕 위에 누워 하늘을 바라보고 있지만 하늘은 아무 말도 하지 않았다.)

마음속에 남아 있는 따스한 기억을 그러모아 어떻게든 아리의 몸을 받아들이려 애써보지만(결코 책임감이나 보은 차원이 아니라 직관적으로 그렇게 하고 싶어서다) 결과는 역부종심이었다. 나의 음부는 버스 차장 아가씨처럼 메마른 얼굴을 하고 있었다. 아무리 해도 촉촉해지지 않았다. 굳게 입을 다문 채 때려 죽여도 벌어지지 않았다. 아리가 내 몸을 머리부터 발끝까지 한 군데도 빠짐없이 입을 맞추고 핥아주면 음부는 침 때문에 약간 촉촉해졌다. 하지만 음경의 왕림을 기다리지 못하고 금세 물기가 증발해버렸다. (왜 꼭 내가 파인애플을 먹어야 하는 걸까?)

효과가 좋다는 KY 윤활제를 사용하면 억지로 3센티미터쯤 삽입할 수 있지만 피스턴 운동을 다섯 번 정도 하면 나는 곧 경련을 일으키고 미친 듯이 두통이 심해졌다. 그러면 아리는 곧장 사정해버리고 말았다. 이런 식으로는 아무래도 오래갈 수 없었다. 그에게 임포텐츠가 있는 것은 아니지만 확실히 조루였다. (걱정할 것 없다. 두 손은 만능이 아니던가!)

언제부터 이렇게 된 것일까? 이유가 뭘까?

"우리 이혼해!"

"이유가 뭔데?"

"생활이 만족스럽지 못하잖아!"

"나는 상관없어!"

(하지만 나는 상관 있어. 상관 있는 걸까?)

내가 뭐라고 말하든 그는 나와 함께한다고 고집할 것이었다.

(내게는 이혼하지 않으면 안 되는 이유가 전혀 없다. 나는 그와 함께하는 것이 좋다.)

"언젠가는 좋아질 거야. 내가 알아."

(좋아질 거야. 좋아질 거라고, 그렇지!)

그걸 누가 알겠는가?

나는 정말 그를 힘들게 했다. 겨우 서른셋밖에 안 됐는데! 전에는 신이 나서 하룻밤에 세 번 하는 것도 흔한 일이었는데 지금은 욕실에서 자위를 하는 수밖에 없다. 이게 어떤 인생일까?

나는 자신에게 말했다.

"단지 아이 하나 죽었을 뿐이야.

단지 손가락 하나 잘렸을 뿐이야.

단지 음도가 비교적 건조해진 것뿐이야.

단지 이런 것뿐이야! 별로 큰일 아니라고. 지구의 종말도 아니잖아? (왜 해는 계속 떠서 우리를 비추는 것일까? 왜 새들은 계속 노래하는 것일까?)"

설마 우리가 모를까?
(세상은 이미 끝났다.)
(끝이다.)
나는 한 번 또 한 번 되풀이하며 나 자신에게 말했다. 헬렌 켈러
의 정신을 본받아야 한다고. 새롭게 힘을 내야 한다고. 세 명, 다섯
명의 아이를 더 낳을 수 있다고. (많이 낳아야 만일의 사태에 대비
할 수 있을 것이다.) 세계 최초로 아홉 손가락의 위대한 피아니스
트가 될 수도 있다고. 그러고 나면 음도에 홍수가 난 것처럼 다시
조수가 샘솟을 것이고, 마음껏 섹스를 즐길 수 있을 거라고. 심지
어 수많은 수컷을 거느린 탕부蕩婦가 될지도 모른다고!
나는 참지 못하고 미친 듯이 웃어댔다. 미래를 상상했다. 시끄러
운 다섯 아이를 데리고 방탕하면서도 음란하게 세월을 보낼 수 있
다. 게다가 '전무후무한 아홉 손가락 피아니스트'라는 멋진 호칭을
얻을 수도 있다. 우와, 그런 장면은 생각만 해도 정말 재미있지 않
은가!
아홉 손가락의 괴걸? 신비한 비댜오祕雕* 같을 것이다.

내 손가락. (상상해보라. 손가락을 어디에 둔단 말인가? 이렇게
중요한 걸 어떻게 잊을 수 있단 말인가? 부탁인데 다시 한번 잘 생

---

* 타이완 황쥔슝黃俊雄의 포대희布袋戲에 등장하는 배역으로 외관과 성격이 독특
한 것으로 널리 알려져 있다.

각해보기를……)

이렇게 중요한 물건. (찾아서 붙이기에는 이미 때가 늦었다.)

(때가 늦었다.)

*

그날 밤 아페이가 부른 노래는 'Laugh, Clown, Laugh'*였다.

나는 처음으로 이런 음악에 진지하게 귀를 기울였다. 아리는 그
런대로 재즈 애호가라고 할 수 있지만 그가 소장하고 있는 CD들과
오디오 설비는 전부 작업실에 있어 항상 설계도를 그릴 때만 들으
면서 휘파람으로 따라하곤 했다. 나는 거실에서 팔짱을 끼고 텔레
비전을 볼 때가 아니면 어떤 음악도 마음먹고 들은 적이 없다. (나
는 마음이 바람 빠진 풍선처럼 납작했다.)

그녀는 피아노 뒤에 서서 아래턱을 피아노 뚜껑에 대고서 아주
작고 극도로 하얀 얼굴을 드러내고 있었다. 몹시 무료한 것처럼 손
가락으로 피아노 위에 동그라미를 그리고 있었다…… 트럼펫 솔
로가 끝나고 긴 여음을 끝 때가 되어서야 그녀는 느릿느릿 걸음을
옮겼다. 비율상 터무니없이 긴 손발이 흐느적거리고 있었다. 가느
다란 목이 있는 힘을 다해 앞으로 약간 기울어진 작은 머리를 받치
고 있었다. 그녀는 트럼펫 음악이 남긴 긴 선을 따라 마구 흐트러
진 걸음으로 무대 한가운데로 미끄러지듯 걸어갔다. 왼손에는 은
색 마이크를 쥐고 있었다. 3분의 1초라는 시간 동안 혀가 재빨리

---

* 원곡은 미국 배우이자 특수분장사인 론 채니의 작품이다.

마이크에서 나는 직직 소리를 핥았다…… 그러고 나서 입을 열었다……

"저는 상고머리 아페이라고 합니다. 저희는 바이씨 형제 밴드예요.

여러분을 위해 가장 먼저 들려드릴 노래는 'Laugh, Clown, Laugh'입니다……"

그 각도에서 보면 대단한 미녀라고는 할 수 없는 얼굴이었다. 다만 눈이 아주 크며 더없이 깊고 그윽해 사람들로부터 감탄을 이끌어낼 수 있었다. 15센티쯤 되어 보이는 단발은 울퉁불퉁한 머리 위에 아주 드라마틱하게 흩어져 있었다. 입은 컸지만 커피색 립스틱을 바른 입술은 아주 얇았다. 눈썹은 거의 없다시피 했다. 콧등 왼쪽 끝에는 두 개의 금색 코걸이로 장식했고 가슴은 거의 평평했다. 사지는 탈구되어 다시 맞춰지지 않은 양 따로따로 움직였다…… 그런 그녀는 꿈속을 거닐 듯 무대 위에서 휘청거렸다. 상고머리 아페이는 내 인생에서 처음 보는 극도로 맑고 투명하며 텐션이 풍부하고 마음대로 휘둘러도 통제가 가능한 목소리의 소유자였다. 얼음사탕처럼 달콤하지만 사람의 마음으로 곧장 뚫고 들어와서는 철저하게 흔들어놓는 그런 특별한 목소리였다.

(3인조였다. 피아노를 담당하는 사람과 트럼펫을 담당하는 사람, 보컬을 담당하는 사람이 있었다. 그들은 내 마음을 가지고 놀았다.)

나는 줄곧 그들의 연주에 귀를 기울이고 있었다. 내게 뭔가를 말하고 있는 듯했다. 그녀가 나 한 사람을 위해 노래하고 있는 듯한 기묘한 느낌이 들었다.

"아예 나를 위해 노래하고 있군!"

같은 테이블에 앉아 있던 친구들 가운데 누군가 낮은 목소리로 이렇게 말했다. 다른 사람들도 마음속으로 공감하면서 고개를 끄덕이는 것 같았다. 아주 큰 감동을 받은 것처럼 모두들 약속이나 한 듯이 잔을 들어 술을 마셨다.

이런 이유였군! 하이네켄이나 타이완 맥주는 한 병에 250 타이완달러면 되는데 내가 마신 마티니는 뜻밖에도 한 잔에 450 타이완달러였다. 이처럼 터무니없이 비싼 가격인데도 술집은 80퍼센트 정도가 손님들로 채워져 있었다. 게다가 그들 모두 상당히 만족하는 표정이었다.

아페이는 아편 같기도 하고 코카인 같기도 한 고혹적인 냄새를 풍기고 있었다. 어쩌면 에어컨 통풍구에서 줄곧 암페타민이 타고 있는 것인지도 몰랐다. 바텐더가 몰래 술잔에 품질이 형편없는 모르핀을 탄 것일 수도 있었다…… 자칫하면 거울로 가득 채워진 그 터널에 최면술사가 숨어 있어 뒤에서 주문을 외울지도 모르는 일이었다!

나는 그녀의 노랫소리 속에서 몸이 해체되어버렸다. 무너지는 느낌으로 사방을 마구 뒹굴었다.

"15분 정도 휴식 시간을 갖도록 하겠습니다."

아페이가 무대에서 내려오자 무대 위에는 피아니스트만 남아 느긋한 동작으로 담배를 피우면서 피아노를 닦는 것처럼 손가락으로 건반을 가지고 놀았다. 그 어지럽고 어린아이 장난 같은 손가락 탄주가 경악스러울 정도로 미묘한 음악을 쏟아냈다······ 정말 너무 오랫동안 피아노를 치지 않았다. 일이 벌어진 뒤로 아리는 원래의 집과 가구를 죄다 팔아버렸다. 피아노도 함께였다. 내가 모은 레코드판과 카세트, CD, 2년 넘게 키운 고양이까지······ 마술에 걸리기라도 한 것처럼 전부 사라졌다. 내가 요양원에서 나왔을 때 나를 맞은 것은 완전히 새롭고 낯선 세계였다. (나 자신이 원해서였던가? 누가 한 번 또 한 번 머리를 피아노 뚜껑에 부딪혀 커다란 소리를 내고 있는 거지? 손가락은 또 누가 잘랐지? 누구지?)

그가 정말로 모든 과거를 소멸시켜버리고 나를 도와 모든 걸 다시 시작하려 했다면 왜 나를 이곳에 데려온 거지? 이 알 수 없는 3인조 밴드로 하여금 마음을 깨뜨릴 정도로 아름다운 음악을 연주하게 해 나를 괴롭히는 이유는 뭐지?

토하고 싶었다. (위에서 기억의 시큼한 액체가 용솟음쳤다.)

이미 조용히 가라앉은 광기의 인자가 다시 내 위장과 폐부에서 요동치기 시작했다. 다시 조금씩 나를 완전히 전복시키려 하고 있었다.

나는 변기통 위에 머리를 대고 한참이나 쪼그려 앉아 있었다. 이곳만이 내게 속한 공간인 듯했다! (조용함, 사적인 비밀, 결백함, 폐쇄, 나의 천당.) 어찌 됐든 적어도 변기통만큼은 따스하고 촉촉한 물을 빨아올려 나를 받아주었다. 내가 난감한 행위를 얼마나 많이 하든, 얼마나 듣기 싫은 음악을 연주하든, 엉덩이를 두드려 털면서 일어서기만 하면, 수챗구멍 속의 더러운 물을 향해 머리를 대고 절을 몇 번 하기만 하면, 자동으로 세척수가 쏟아지는 손잡이를

가볍게 당기기만 하면 곧장 쇄아 하는 뇌성 같은 박수 소리와 갈채
가 울릴 것이다……

(너무나 감사하고 감격스럽습니다. 다시 한번 앙코르를 외쳐주
셔서 정말 감사합니다.)

손을 씻을 때, 내친김에 이미 딱딱하게 굳은 얼굴도 닦았다. 눈
꺼풀에 남아 있던 물방울을 털어낸 다음 거울을 본 나는 놀라움을
금할 수 없었다. 손을 뻗어 눈을 비벼보았다. 틀림없이 내 얼굴이
었다. 그런데 뒤에 얼굴이 하나 더 걸려 있었다.

그녀였다. 상고머리 아페이였다.

그 요괴 같은 기이한 여자가 줄곧 나를 향해 다가오고 있었다.

계속 다가오고 있었다.

(Every time we say good-bye, I die a little.)

요양원이었다. 정확히 말하자면 정신병원이었다.

이곳은 깊은 산속 황량한 곳일 뿐이었다. 입원비는 아주 비쌌다.
환경이 맑고 그윽했다. 1500평의 화원과 채마밭이 있고 피서별장
같은 아름다운 건물을 갖춘 사설 요양원이었다. 나는 일찍이 '녹야
선종綠野仙蹤'* 혹은 '도화원桃花源' 같은 이름을 가진 요양원에서 반
년 가까이 지낸 적이 있다.

입원하게 된 상세한 원인은 잘 기억나지 않는다. 당시 나는 다량
의 신경안정제를 복용했고 장식장에 있는 위스키와 보드카를 깡그

---

* '푸른 들판 신선의 자취'라는 뜻으로 미국 작가 프랭크 바움의 동화작품 『오즈의
마법사』의 중국어판 제목이다.

리 마셔버린 터였다. 열흘 넘게 하루도 쉬지 않고 광란 속에서 의식을 잃었다.

나는 진정한 원인이 때가 되었기 때문이라고 생각했다! 갓난아이가 내 품속에서 죽고 나서 물건을 정리하다가 결혼반지를 삼켜버렸다. 피아노를 다 치고 나서 부엌으로 가 중지를 잘랐다……갖가지 기묘한 장면이 이어졌다. 아리는 집 안을 샅샅이 다 뒤지고서도 잘린 중지를 찾지 못한 것일까? 다급해진 그는 마구 소리를 질러댔다……

"변기통 속으로 쓸려갔을 거야!"

내가 말했다. (더없이 확실한 사실이었다. 이런 상황이 영화의 한 장면처럼 슬로비디오로 내 머릿속에서 재생되었다.)

그리하여 때가 왔다. 요양을 하러 가야 했다.

나는 산속의 이상한 정적과 차가운 공기 속에 깊이 침잠했다. 하루하루를 나 자신만의 동화 같은 선경 속에서 보냈다. 시간이 큰비처럼 한 차례 또 한 차례 얼룩이 가득한 기억을 깨끗이 씻어 완전한 공백으로 만들었다. 나는 더 이상 다른 사람들에게 뭔가를 얘기할 수 없었다. 단지 조용히 창문을 닫고 눈꺼풀을 덮고 죽음을 학습하고 싶었다.

결국 그곳에서 내가 배운 것은 뜨개질뿐이었다. 나는 세심하게 한 짝 한 짝 실로 장갑을 떴다. 퇴원하기 전날까지 다 합쳐서 열세 켤레를 떴다. 전부 손가락이 열 개인 완전무결한 장갑이었다.

(그 열세 켤레의 거대한 장갑이 나를 감쌌다. 나를 집어삼켰다.)

(손을.)

*

　그녀가 내게 다가왔다.

　나는 고개를 돌리지 않았다. 그저 거울 속의 그녀가 점점 거울 속의 나를 향해 가까이 다가오는 것을 바라만 보고 있었다. 그녀는 거대한 두 날개를 활짝 펴더니 재빨리 나를 감쌌다…… 그녀의 머리칼이 내 어깨를 스쳤다. 가는 머리카락이 셔츠와 피부를 뚫고 내 척추로 들어왔다. 그녀는 아무 말도 하지 않고 유령처럼 달라붙어 나를 빨아들이고 먹었다. 바다 물뱀 같은 두 손이 내 가슴 위를 미끄러져 지나갔다. 촉촉하고 부드러운 입술이 내 귓불을 핥았다. 뱀의 혀를 내밀어 내 귓바퀴 속으로 들어와 장난을 쳤다. 고막이 다량의 침으로 젖는 바람에 윙윙 울렸다…… 나는 나 자신도 모르게 두 눈을 감고 그 혼미함 속으로 빠져들었다……

　(아름다운 거미 요정이 나를 향해 수정같이 투명한 긴 거미줄을 뿜어 신비한 미궁을 만들었다. 미궁은 천당 바로 아래 있는 지옥으로 이어졌다…… 나는 작고 어리석은 흰쥐였다. 도망치거나 부딪힐 힘도 없었다. 오로지 그녀의 품 안으로 떨어져 들어가고 싶은 마음뿐이었다.)

　다시 정신을 차렸을 때는 이미 몸에 실오라기 하나 걸치지 않은 채로 좁은 화장실 안에 서 있었다. (옷은 바닥에 낙엽처럼 흩어져 있었다.) 그녀는 정면에서 나를 바라보다가 가슴 앞으로 나를 끌어안았다. 옷차림은 여전히 무대 위에서의 복장과 장식 그대로였다. 두 눈은 표범의 눈처럼 반짝거렸다. 사람을 잡아먹으려고 흥분했

을 때의 푸른빛이었다. 우리는 키가 비슷했다. 나는 그녀의 품 안
에서 쉴 새 없이 버둥거렸다. 몸을 기울일 때마다 그녀의 몸 안에
서 발산되는 욕망이 내 골수에까지 스며들어왔다……

"당신을 원해요."

그녀가 말했다. 사람의 몸을 칼로 자르는 듯한 목소리는 받아들
이기 어려웠다. 나는 울지 않으려고 악착같이 발버둥 쳤다. 마음속
으로는 이 요괴 같은 여자가 빨리 내 하복부를 찢어주길 바랐다.
그러면서도 이러한 자신의 놀라운 생각이 당혹스럽고 불안했다.

"날 가져요! 더 들어와요. 좀더 많이."

"지금은,

아직 때가 아니에요."

말을 마치고, 그녀는 가볍게 내 목을 핥았다. 목구멍 부위에 이
르자 가볍게 깨물기도 했다. (통증이 한순간에 내 모든 신경으로
퍼져나갔다. 눈 속에서 선혈이 미친 듯이 치달리고 있었다.) 그녀
는 그 부위를 빨면서 쪽쪽 듣기 좋은 소리를 냈다. 30초쯤 지나 그
녀가 고개를 들더니 손가락으로 내 머리칼을 쓸어주었다. 그러고
나서 치아를 드러내며 웃어주고는 이내 문을 열고 가버렸다.

그녀는 갔다. 얼굴 가득 붉은 홍분만 남아 변기 위에 주저앉은
나는 하체에서 뜨거운 체액이 요실금처럼 주체할 수 없이 흘러나
왔다…… (마침내 젖었네! 정말 오랜만에 달콤한 샘물이 터졌어.)
손을 뻗어 닦아버리고 싶었지만 손가락은 하나하나 마술처럼 음부
를 어루만지고 있었다. 그러더니 하나하나 그 틈새로 비집고 들어
갔다…… 스스로 빼낼 수가 없었다……

(조금만 더 깊이! 응, 아주 좋아.)

(아주 좋아.)

*

"손등을 좀 높이 들어. 등을 곧게 펴야지!"

"자세는 우아하게!"

"고양이랑 노는 건 안 돼!"

"가서 피아노 연습 해야지……"

(이것도 안 되고 저것도 안 되고, 유일하게 할 수 있는 것은 피아노 치는 어린 공주가 되는 것뿐이었다. 이걸 이해할 수 있을까?)

내 귀에는 이 소리가 반복해서 맴돌았다. (아주 아름다운 여인의 극도로 미묘한 목소리였다.)

시공을 가로질러 나는 아주 오래전 그날 오후로 곧잘 돌아가곤 했다. 내가 다섯 살 때였을 것이다! (아니, 더 어렸을 때인가?) 발육이 부진해 수척하고 누렇게 뜬 아이가 희귀한 흰 코끼리처럼 신비하고 거대한 피아노를 앞에 놓고 기쁨과 놀라움에 젖어 있었다. 어려서부터 엄마가 거실에서 피아노 치는 소리가 들리거나 오디오에서 갖가지 음악 소리가 들리면 나는 호수보다 깊은 고요의 세계로 빠져들곤 했다. 나는 끊임없이 그 거대하고 기묘한 흰 상자가 나를 부르는 소리를 들었고 들은 적 있는 무수한 곡을 숙지했다. 그러던 어느 날 마침내 나는 참지 못하고 그 상자 가까이 다가가 따스하고 부드러운 팔에 안겼다. 그 상자 안의 정령이 내게 말했다. 나를 좀 꺼내줘. 나를 좀 풀어줘. 나는 이 상자 안에 갇힌 음악이야. 네가 꼭 나를 풀어줘야 해.

나는 아무것도 모르면서 아주 높은 의자 위로 기어 올라갔다. 두 다리는 허공에서 대롱대롱 흔들렸다. 아주 짧은 손가락을 뻗었다. 손가락이 피아노 건반에 닿는 순간 나는 평생 피아노의 포로가 되리라는 것을 직감했다.

나는 음악에 의해 발견되었다. (그날 내가 도대체 뭘 연주했을까? 알 수 없었다. 둔하고 서툰 손가락을 아무리 해도 멈출 수 없었다. 음악의 유희를 찾고 있었다…… 잠시 후 엄마가 나타났다. 엄마는 눈물 자국 가득한 눈으로 나를 바라보더니 갑자기 큰 소리로 외쳤다!)

(너였어! 바로 너였어!)

나의 비극이 시작되었다.

(하지만 지금 나는 피아노를 위해 몸부림치던 그 시절로 되돌아갈 수 있기를, 다시 음악에 정복당하기를, 피아노에 미치기를 얼마나 갈망하고 있는지 모른다……)

(손가락의 문제가 아니다.)

(손가락은 죄가 없다.)

*

하늘이 어두워지기만 하면 나는 거의 부지불식간에 태엽이 풀린 괘종시계처럼 몸 안에서 "미궁 꾸르륵, 미궁미궁" 하는 소리가 들리는 가운데 통제 불능 상태로 어딘가를 향해 갔다. 뭔가를 인증하려는 것처럼 나는 미궁으로 갔다.

생일이 지나고 닷새 연이어 나는 테이블 위에 "미궁에 가니까 걱정하지 마요"라는 쪽지를 남기고 정확히 7시 30분에 미궁에 도착했다.

이 다섯 번의 밤에 아페이는 내게 말을 한마디도 하지 않았고 내 곁으로 다가오지도 않았다. 갑자기 바 스탠드나 복도, 화장실, 쓰레기통, 재떨이 같은 곳에 나타나지도 않았다…… 어떤 곳에도 나타나지 않았다.

나는 타임레코더에 체크를 하고 출근하는 사람처럼 7시 30분에 도착해 중간 휴식 시간에 문 앞으로 나와 쥐와 얘기를 나눴다. (쥐들은 확실히 내게 많은 얘기를 했다. 인생에 관해 얘기하고, 좀더 형이상학적인 온갖 관념에 관해 얘기했다. 우리는 극도로 추상적인 방식으로 각자 상대방을 분명하게 이해시켰다.) 아페이는 가수일 뿐이었다. 무대에 올라가 노래하고 내려올 때 허리 굽혀 인사를 했다. 그 어떤 중간 과정도 없었다. (나는 한동안 일부러 화장실을 배회하기도 했지만, 그녀는 나타나지 않았다.)

상관없어. 나는 나 자신에게 말했다. 그녀의 노랫소리를 들을 수 있는 것만으로도 안심되었다. 답안은, 답안은 존재하지 않았다. 답안이 존재하지 않으니 물을 필요도 없었다. 질의가 없으니 누구하고 얘기를 나눌 필요도 없었다.

하지만 몇몇 아주 이상한 사람이 내게 질문을 던졌다.

"아가씨, 혼자예요?"

나이는 열일곱에서 쉰 남짓까지 다양했다. 가죽 점퍼와 긴 바지에 양복과 넥타이, 티셔츠와 청바지, 반바지에 부츠까지 옷차림도 무척이나 다양했다. (어깨에 A 문신을 새긴 사람도 있었다.) 헤어

스타일은 뒷머리만 조금 남긴 형태에서부터 짧은 상고머리, 적당한 장발, 어깨까지 흘러내리는 긴 장발까지…… 아주 다양했다. 이곳은 정말로 각양각색의 남자들이 모이는 곳이었다! 아예 이상한 모습들이 대거 출격하는 경연장 같았다. 이 경연에 참가하는 사람 거의 모두가 내게 똑같은 질문을 던졌다. 이를 아이큐 테스트로 여기는 것 같았다.

"아가씨, 혼자예요?"

(음조와 어투는 각기 달랐고 심지어 다른 언어를 쓰기도 했다.)

(멍청한 질문이었다.)

처음에 나는 상징적으로 고개를 가로저었다. 혹은 무표정한 얼굴로 술을 마셨다. 나중에는 아예 손가락이 네 개밖에 없는 왼손을 내밀고 미소 지으며 대답했다.

"말해보세요. 내가 두 사람으로 보이나요?"

(식지와 무명지 사이의 빈자리가 희미한 빛을 냈다.)

내 앞에서 사과처럼 푸른 양복에 분홍색 셔츠를 입고 머리가 초를 먹인 헬멧 같은 서른여덟 전후의 남자가 당나귀가 시가를 피우는 것 같은(혹은 쥐가 축구를 하는 것 같은) 이상한 모습으로 원래는 작은 눈을 최대한 크게 뜨고서 약 5초 동안 입을 아주 크게 벌리고 있었다. (저 안쪽에 박힌 금빛 반짝이는 가짜 이빨이 다 드러났다.) 그의 이마에 'MY GOD'이라는 커다란 알파벳이 떠올랐다……

(아, 이 세상에는 이미 진실한 말을 들으려는 사람이 없다니까요.)

*

내가 끊임없이 이상한 질문의 대상이 되는 동안 아페이는 일관되게 아름답고 미혹적인 수준을 유지하면서 무대 위에서 노래를 불렀다. 나는 있는 힘을 다해 그녀가 말하는 노래 제목들을 일일이 냅킨 위에 받아 적었다. 노래 제목 속에서 어떤 단서들이 노출되기를 기대했다.

그리하여 나는 이런 리스트를 얻었다.

'Black Butterfly' 세 번

'All of You' 한 번

'What am I Here for' 세 번

'Laugh, Clown, Laugh' 두 번

'Danny Boy' 한 번

'Misty' 두 번 연창

......

곡명이 너무 길거나 전혀 들어보지 못한 여섯 곡은 적지 못했다. 요컨대 이 자구들 속에서 찾아봤지만 결론은 '그녀의 노랫소리가 정말로 말을 하지 않는다'는 것이었다.

(What am I here for, 내가 왜 계속 여기에 있는 거지? 나는 도대체 어디에 와 있는 거지? 냅킨은 내게 아무런 대답도 해주지 않았다.)

여섯째 날, 나는 마약을 한 것처럼 마음속으로 중얼거리는 것이 그곳밖에 없었다.

"또 미궁에 가려고?"

아리가 내게 물었다. (언제 나타났지? 이 연극에는 그가 없어야
했다!)

아, 하마터면 잊을 뻔했네. 나 가정주부였지!

"그래, 안 가면 안 되겠어?"

가정주부가 고급 옷으로 갈아입고 며칠 밤 연이어 술집을 어슬
렁거리는 것은 일반적인 도리에 약간 위배되기는 한다. 하지만 나
는 정말로 절박해 어쩔 수 없었다.

"가끔씩 가서 노는 것도 나쁘지 않아. 항상 집에만 있지 말라고."

아리는 이런 함의를 품은 미소 띤 얼굴로 나를 엘리베이터 입구
까지 배웅하고 나 대신 하행 버튼을 눌러주었다.

(11층에서 천천히 내려가기 시작한 엘리베이터는 땅속 깊은 곳
으로 들어가 내 몸을 처박으려는 것 같았다. 하지만 내 마음은 계
속 위를 향해 날아 통풍구를 통해 삐져나왔다.)

(날아갔다.)

*

그때, 나는 맥주를 한 모금 크게 들이마셨다. 차가운 거품이 유
쾌하게 내 구강 안을 구룩구룩 굴러다니고 있었다. 하지만 갑자기
한 가지 사실을 발견했다. 이 돌발적인 깨달음 때문에 나는 어찌할
바를 몰랐다. 그리하여 나는 구룩구룩 입가로 거품을 모으는 자세
를 유지했다. 너무 놀라서 발바닥에 땀이 났다.

사실은 바로, 이 여섯째 날의 관찰을 근거로 한 가지 진실이 분명하게 드러났다는 것이다. 그날 저녁, 화장실에서 우연히 아페이를 만난 일이 철두철미하게 나 혼자만의 상상이었던 것이다.

맙소사! 이 말에 감춰진 의미를 설명하자면, 내가 변기 위에서 나 자신의 온몸을 적나라하게 노출했다는 것이다. 그런 다음 자위를 했던 것이다!

(내가 자위를 했다고?)

모든 것이 끝나버렸다.

다시 말하자면 그날 난데없이 이상야릇하게 아리에게 이끌려 그 술집에 간 뒤로 나의 여러 해 전 환청과 망상, 광기 등 갖가지 행태가 다시 강호에 등장했다는 것이다.

그런 다음 나는 또다시 죽은 아이에 빠졌을 것이다. 고양이를 잡아 요리하고 잘리고 남은 아홉 개의 손가락과 열 개의 발가락을……

(나는 또다시 머리를 박박 깎고 그 아름다운 성채로 돌아가야 했다. 어쩌면 더 많은 털장갑을 떠야 할지도 몰랐다.)

구제되지 못했다.

내가 또 그런 3년을 몇 번이나 더 보내야 하는 걸까? 같은 일이 반복되었기 때문에 아리는 집을 팔아버리고 자동차를 재규어로 바꾼 걸까? 어디서부터가 시작인 걸까? 다시 환생했다! 어째서 이렇게 변한 걸까?

고개를 들어보니 무대 위에는 아무도 없었다. 방금 전까지 말뚝잠을 자던 피아노와 반짝거리는 네온사인뿐이었다. 사방을 둘러봤지만 술집 안은 조용하기만 했다. 사람이라고는 그림자조차 보이지 않았다. 바 스탠드에는 폐기된 기차역처럼 갖가지 술병과 유리

잔들만 줄지어 나란히 놓여 있었다. 벽에 걸려 있는 거울마저 흔적
도 없이 사라졌다……

나는 힘없이 눈을 감았다. 억지로 다시 눈을 떠보니 주변은 온통
짙은 어둠뿐이었다. 귀에는 홀쩍거리는 소리가 가득 찼다. 나는 차
가운 돌바닥 위에 쪼그리고 앉았다. 갑자기 나 자신의 묘비가 나타
났다. 갑자기 수천수만 마리의 반딧불이가 날아와 별처럼 나를 에
워싸고는 빛을 발산했다…… 반딧불이들의 몸 안에서 미세한 소
리가 들렸다. 자세히 귀 기울여 들어보니 모차르트의 「레퀴엠」이
었다.

나는 결국 철저하게 눈을 감았다. 몸부림을 포기하고 내친김에
너무 민감한 귀도 닫아버렸다. 이렇게 됐다! 스스로를 잘 싸매 미
라가 되었다. 광기와 죽음의 요정이 나를 끌고 가도록 조용히 기다
릴 참이었다. 나를 침몰시킬 작정이었다.

거의 재가 되어 날아가려 할 때쯤, 작은 요정이 내 손을 잡아끌
었다.

내 왼손이 또 다른 차가운 손바닥에 덮여 있었다. 그 손은 가늘
고 수척한 손가락을 뻗어 내 식지와 무명지 사이의 빈자리에 끼웠
다가 천천히 거둬들였다.

내 몸은 아흔아홉 마리의 아프리카 코끼리 집단에 짓밟힌 얇은
살얼음 같아 한순간에 산산조각이 나버렸다.

뿌지직 소리가 났다. 극도로 듣기 좋은 소리였다.

(그 소리는, 그녀의 소리와 너무나 흡사했다.

(노랫소리였다.)

＊

"깨도 돼요. 나의 잠자는 미녀님."

누군가 이마를 쪼고 있는 듯했다. 눈을 크게 떴다.

아페이었다. 미궁 안이었다. 원래의 모습과 똑같았다. 이게 꿈인가 생시인가?

"누가 내게 최면을 건 건가요?"

내가 물었다. (만일 그녀가 그랬다면, 수고스럽겠지만 다시 한번 걸어달라고 하고 싶었다! 이번에는 무슨 일이 있어도 깨지 않을 작정이었다.)

"나를 아주 오래 기다렸군요!"

그녀는 내 물음에는 대답하지 않고 의자를 하나 당겨 내 옆에 앉았다.

"내가 처음으로 섹스를 한 건 열다섯 살 때였어요. 옆 반 여자아이가 두 손가락을 내 음도에 넣었지요. 머리가 어지러웠고 거기서 피가 나왔어요.

그 애는 피 묻은 손가락을 빨면서 내 양말을 벗겼지요. 그 애는 볼이 발그레했고 입술도 무척 붉었어요. 초콜릿 아이스크림처럼 도취된 표정을 지었지요. 그러고 나서 그 애의 손가락이 내 입안으로 들어왔어요. 와, 정말 신선하고 달콤한 맛이었지요."

그녀가 말했다.

"그건 사랑의 맛이었어요."

아페이는 눈을 가늘게 뜨고 최면술사처럼 내게 뭐라고 중얼거리
듯이 말했다. 그녀의 한 손에는 붉은 액체가 가득 담긴 술잔이 들
려 있었다. 다른 손에는 불이 붙은 담배를 쥐고 있었다. 그녀가 말
했다.

"한 모금 마셔볼래요?"

나는 위에 555라는 숫자가 쓰인 담배와 새빨간 잔을 건네받고
두 손을 가볍게 떨었다. (왜 내게 저런 말을 하는 걸까?)

나는 고개를 쳐들고 작게 한 모금 마셔보았다. 달착지근한 맛이
목구멍으로 넘어갈 때는 매운맛으로 변했다. 토해내고 보니 화산
이 뿜어낸 작은 마그마 덩어리 같았다.

"그 피가, 이런 모양일까요?"

내가 물었다. (일찍이 나는 다량의 피가 손바닥에서 분출되는 것
을 본 적이 있다. 따스하고 비리면서도 달콤했다. 갑자기 내 눈에
붉은빛이 가득 찼다. 그 피는 음표처럼 내 몸 안에서 팔딱팔딱 뛰
고 있었다. 피의 음악이었다.)

"바보."

아페이가 웃었다. 그녀가 얼굴을 가까이 대더니 내 입술을 핥고,
입을 맞췄다.

"이건 석류주스에 보드카를 탄 거예요.
언젠가는 피의 맛을 알게 되겠지요."

"왜 저인가요?"

나도 모르게 말해버렸다. (왜 굳이 날 찾은 건가요?)

(내 눈에 또다시 핏빛 불꽃이 타오르고 있었다. 그렇게 격렬하게
내 눈동자를 태우고 있었다.)

"당신이 아니면 안 되거든요! 당신이 없으면 수많은 일이 어수선하게 뒤엉켜버리기 때문이에요."

그녀가 내 눈꺼풀을 어루만지자 불꽃 일부가 서서히 꺼졌다.

(하지만 저 자신이 정신착란을 일으킨 인물이에요!)

나는 산소결핍증 환자가 산소마스크를 사용하는 것처럼 아주 힘들게 아주 크게 한 모금 또 한 모금 담배를 빨았다. 연기가 천천히 내 몸 안을 순환한 다음에는 또 죽어라 연기를 한 모금씩 뱉어냈다. 이렇게 여러 차례 하고 나서야 다시 편안하게 현실감을 회복했다. 아페이가 항상 신출귀몰하면서 걸핏하면 시작도 끝도 없는 극도로 이상한 말들을 늘어놓았지만 나는 개의치 않았다. 내가 필요로 하는 것은 그녀가 내 앞에 앉아 있는 것뿐이었다. 확실히 정말로 존재하고 있기만 하면 됐다.

(어쩌면 나 자체가 허구인지도 몰랐다. 나는 나 자신의 생명을 허구했고 이 생명이 대대적으로 나를 속이고 있는 것인지도 몰랐다.)

"이 모든 것이 진실일까?"

나는 그녀의 손을 꼭 잡았다. 손가락 마디가 너무 돌출되어 있고 손가락이 지나치게 가늘고 길었다. 전체적인 느낌이 인간의 손 같지 않고 오히려 조류의 발 같았다. (아니면, 거미의 발일까?)

"나는 순수하게 당신을 위해 존재하는 진실이에요!

순도 백 퍼센트. 의심할 필요가 없다고요."

아페이는 술잔의 술을 한 모금에 다 마셔버렸다. 입가에 약간의 잔여물이 달라붙어 있었다. 그녀는 습관처럼 재빨리 혀를 내밀어 입가에 묻은 것들을 깔끔하게 핥아 처리했다. 나는 그녀를 응시하다가 문득 그녀의 얼굴이 나와 너무 닮았다는 사실을 발견했다. 아예 둘 다 오려내 진열장에 넣고 '실험 전'과 '실험 후'라고 표첨을 붙여놓으면 원래 모양이 같아도 서로 다른 성격과 분장을 거치면서 전혀 다른 분위기를 만드는 게 가능하다는 것을 증명할 수 있을 듯싶었다.

너무 놀란 나는 당장이라도 눈물이 쏟아질 것만 같았다.

"아, 마침내 발견했네요!

거울에 비친 것 같아요! 그래서 아리가 날 처음 봤을 때 너무 놀라 바지도 제대로 추키지 못했던 걸까요?

그래서 그날 밤에 나랑 잤던 거로군요."

(잤다고요?)

나는 그녀의 말을 들으면서 다시 요양원으로 돌아와 매일 아침 일찍 침대에서 깼을 때 파편이 되어 흐트러진 머리를 일일이 불러 깨우는 듯한 느낌이 들었다.

"잤다고요? 섹스를 말하는 건가요?"

(이 얼마나 요원하고 낯선 말인가! 마치 석기시대에 나무를 뚫어 불을 피우는 소리를 듣는 것 같았다.)

"함께 침대에 올라갔어요! 그런 다음 성교를 했지요. 그러더니 지갑을 열어 안에 들어 있던 당신의 사진을 꺼내더군요. 나는 그 자리에서 울음을 터뜨렸어요……"

그녀는 느릿느릿 말을 이어갔다. 무대 위에서 트럼펫 소리가 울리기 시작했다. 그녀는 고개를 돌려 무대를 향해 술잔을 두 번 흔들었다. 신호를 받은 악사는 더 힘껏 'Black Butterfly'를 연주했다.

"한 번만이 아니었어요! 불쌍한 남자, 섹스 기술은 일류더군요.

하지만 그건 성교일 뿐이었어요. 그의 머릿속을 가득 채운 것은 당신의 일이었어요."

나도 그래요!

"뭐라고요?"

"당신을 원해요! 사진을 처음 봤을 때부터 그런 생각을 했어요."

(내 머릿속으로 트럼펫 안에 있던 힘이 강하게 뚫고 들어오는 것처럼 불규칙한 굉음이 울렸다. 첫조각을 가열할 때 나는 냄새도 나는 듯했다.)

"토하고 싶어요."

나는 억지로 한마디를 내뱉었다. 그 소리가 무척이나 낯설었다.

"토해요! 보드카를 반병이나 마셔버렸잖아요!"

아페이가 힘껏 내 등을 두드려주었다. 나는 정말로 토했다.

(온통 난장판이 되었다! 언제부터인가 내가 줄곧 주문하던 마티니가 맥주로 변하고 맥주가 또 보드카로 바뀐 것일까? 어쩌다 나는 이곳에 앉아 나와 생김새가 거의 똑같은 여자와 술을 마시고 키스를 하고, 그러고 나서 그녀가 내 남편과 섹스한 이야기를 들은 것일까?)

(끝났다. 산속으로 가서 털장갑을 뜨지 않으면 안 될 것 같았다!)

*

"너는 나의 욕념을 통해 직접 성형된 아이야."

엄마가 말했다.

나의 엄마. 그녀는 긴장하지 않고 화내지 않을 때는 정말로 무척 따스하고 아름다운 사람이었다. (하지만 안타깝게도 그녀는 90퍼센트의 시간 동안 알코올과 광포한 불안의 먹구름 속에 빠져 있었다.)

수만 광년쯤 되는 기나긴 시간 동안 나는 엄마의 입에서 분출되어 나오는 술 냄새와 계속 쳐대는 피아노 소리를 흡수했다. 여러 겹의 허물을 벗는 것 같았다.

엄마는 한 번도 나를 때리지 않았다. 성격이 난폭하고 모든 일에 있어 완벽을 추구했지만 위대한 피아니스트는 정교하고 심오한 피아노 예술 외에 완벽한 외모도 갖춰야 한다고 굳게 믿었기 때문에 (몸에 절대로 어떤 상흔도 남기지 않았다) 기질과 학식, 언변, 몸매, 미모 등이 모두 가장 우수한 편이었다.

(하지만 나는 매일 아침 세수하고 거울을 볼 때면 나 자신의 모습에 놀라기 일쑤였다. 꽉 짠 치약 튜브를 손에 쥐고 울고 싶었던 적이 한두 번이 아니다!)

현실감을 잃었다.

이랬다. 대낮에. 그녀는 우아한 귀밑머리를 잘 빗고 때가 지나긴 했지만 미리 잘 다려놓은 실크 재질의 양장을 입고 집 안에서 바삐 돌아쳤다. 모든 가구를 일일이 문질러 닦았다. 테이블 다리와 의자 등받이, 모든 접시와 기명器皿까지 바닥에 쪼그리고 앉아 정리하고 머리칼과 먼지를 제거했다. 심지어 온 가족의 속옷까지 솥에 넣고 삶았다. (그래서 나와 내 두 자매는 늘 탄성을 잃은 팬티를 입어야 했고 매일 바지가 흘러내리지는 않을까 걱정해야 했다.) 과일도 뜨거운 물에 약간 데쳐야 먹을 수 있었다. (뜨거운 사과와 껍질이 다 찢어진 포도, 문드러진 바나나…….) 가장 재미있는 프로그램은 내게 책 읽기와 피아노를 가르친 것이었다. (아예 곡마단에서 곰에게 춤을 가르치는 것 같았다.)

온갖 총애를 한 몸에 받던 나는 시기 질투가 가득한 자매들의 눈빛 속에서 예쁜 옷을 입고 긴 머리를 두 갈래 곱게 땋아 늘어뜨리고서 피아노 앞에 단아하게 앉았다. 마음속에는 개미들이 가득했고 심지어 눈앞에서 꿈틀대다가 날개를 펼쳐 작은 흑점을 찍기도 했다. 이미 익숙해진 음표들이 나와 대치하려는 듯 사방으로 뛰어다녔다. 빨리 잡아 제자리에 가져다놓지 않으면 큰일이었다.

나는 엄마를 위해 피아노를 쳤다. 두려움 때문에 쳤다. 내 혈류 속에서 펄떡대는 그 광기의 인자因子 때문에 쳤다.

(엄마에게 빚을 졌다.)

"넌 내 거야."

엄마가 내 땋은 머리를 잡아당겼다. 긴 채찍을 휘두르는 것 같았다. 엄마는 내 몸을 흔들면서 쉴 새 없이 중얼거렸다.

"너는 나의

유일한 희망이야."

(나는 엄마에게 빚졌어요. 엄마에게 빚졌어요.)

밤이면, 엄마는 긴 머리를 풀어헤친 채 쉬지 않고 움직였다. 피아노를 닦고 또 닦았다. 혼잣말을 중얼거리기도 하고 술을 마시고 나서 큰 소리로 시를 읽기도 했다.

낮에는 키가 높은 수정 글라스를 들고 우아하게 마셨지만 밤이 되면 술병을 통째로 들고 그 안에 들어가 목욕하지 못하는 게 한인 양 미친 듯이 마셔댔다.

(내 사랑하는 아이야, 내게 너의 신선한 피를 주렴

너의 청춘과 너의 아름다움 너의
머리를 주렴.)
(너는 내 손바닥 안에서 활짝 피는 꽃송이야.)
(너는 내 눈길이 기다린 무지개야.)
(너는 나의 꽃이야.)

엄마는 밤에 이불 속으로 기어들어와 나를 안고 잤다.
엄마는 재스민 향기가 나는 종이에 시를 적어 내 교과서 안에 끼
워놓았다.
엄마는 형용할 수 없이 깊은 감정과 슬픔, 분노, 두려움으로 나
를 완전히 감쌌고, 나는 기꺼이 모든 것을 포기함으로써 엄마의 순
간적인 조용함을 쟁취했다.
(나는 K2309야.)
(엄마가 특별히 총애하는 작은 애완동물이야.)
(나는 피아노야.)

(누구도 누구를 구하지 못한다.)
(전부 미치광이니까.)

*

나는 밤마다 미궁을 찾아갔다.
(밤의 미궁, 일단 들어가면 나 자신을 통제할 수 없었다. 걸음을
멈출 수 없었고 전진하고 있는지 후퇴하고 있는지 인지할 수 없었

다. 심지어 나중에는 발의 형태와 무게마저 잃어버렸다. 발뒤꿈치에서 발바닥, 복숭아뼈, 종아리, 무릎……에 이르기까지 점점 위로 올라가면서 투명하게 변했다. 결국 몸 전체가 투명해졌다.

그러다가 마침내 미궁의 거울 속으로 완전히 녹아들어갔다……)

나는 알코올과 잠꼬대에 푹 젖어 있던 몸을 이끌고 집으로 돌아왔다. 귓가에는 아페이의 말이 맴돌았다. 그녀의 목소리는 말거머리가 내 몸에 달라붙어 피를 빨아들이는 것 같았다. 나는 한 걸음 한 걸음 기어서 갔다. 배에 욕망의 불길이 가득한 채 집 안에 있는 남자의 몸을 향해 달려가고 싶었다.

"당신을 원해."

(아페이도 이렇게 그를 원했던 것일까?)

나는 절박한 마음으로 아리의 옷을 벗겼다. 동작이 깔끔하고 민첩했다.

(불쌍한 남자, 섹스 기술은 정말로 일류였다.)

나는 아페이에게 애무당했던 몸을 응시하면서 그 몸이 통째로 빛나게 도금된 듯한 느낌을 받았다. 나는 아페이의 눈으로 그를 바라보았다. 정말로 너무나 오래 그를 냉대하다가 지금은 뜻밖에도 이처럼 침을 흘리며 탐내고 있는 것이다……

나는 그의 몸을 빨았다. 그의 헐떡거리는 숨결에서 고통과 함께 광적인 희열을 느꼈다. 나는 고래처럼 그를 한입에 삼켜 씹어먹고 싶었다. 아페이의 아주 작은 흔적조차 남겨놓고 싶지 않았다.

"아주 오래 당신을 기다렸어."

아리의 목소리에 불길이 가득 차 있었다. 그의 혀끝을 따라 내 기억에 불이 붙었다.

(사실 그의 머릿속에 가득한 것은 전부 너에 관한 일이야.)

(단지 성교하는 것뿐이지.)

그럼 성교하지 뭐! 아리, 지난 3년 동안 해야 했는데 하지 못한 걸 전부 해버려. 최대한 극단적인 기교를 다 써버려. 극도로 황당하고 괴상하고 무시무시하고, 더없이 부드럽고, 감미롭고, 절절한 방법으로 나랑 성교해.

다시 해. 온 세상의 피아노가 전부 부서질 때까지.

새하얀 정액이 한 번 또 한 번 건반 위에 분출되어 내 손가락을 적셨다.

(아페이.)

(난 보았다.)

(나랑 똑같은 그 얼굴에서 똑같이 광적인 표정을 보았다.)

"당신이 아페이랑 섹스하는 걸 보고 싶어."

내가 천장에 대고 말했다. 원래 천장을 보고 누워 곧 잠이 들려던 아리는 깜짝 놀라 용수철이 튕겨지듯이 벌떡 일어났다.

"뭐라고 했어?"

그는 얼굴이 온통 새빨개져 있었다. 오른쪽 뺨에 세 군데 멍 자국이 있었다.

"나 다 알아. 정말로 내 눈으로 직접 보고 싶어."

나는 그의 엄지손가락을 가볍게 입에 머금었다. 또다시 욕정이 팽창했다.

"그렇게 하는 게 아니야. 당신도 알잖아. 그 여자 얼굴을 말이야. 당신하고 아주 꼭 닮았지…… 나 자신을 통제할 수 없었어……"

그는 몹시 놀라고 당황했다. 목소리마저 허스키해져 있었다.

"나도 알아. 거의 똑같지. 그 얼굴이 말이야.

나도 정말 놀랐으니까."

(나 정말 피아노 치고 싶어.)

"아페이는 아주 대단한 여자야.

하지만 내가 사랑하는 사람은 당신이야. 사랑해……"

나는 재빨리 그의 입을 틀어막았다.

"쉿, 그 말만은 하지 마. 나를 서글프게 하는 말이거든.

나는 단지 당신이랑 섹스를 하고 싶은 것뿐이야. 당신의 몸을 통해 그녀를 만나려는 거라고."

(나는 그녀와 섹스를 하고 싶었다.)

"당신 미쳤어? 왜 그런 쓸데없는 생각을 하는 거야."

그가 내 어깨를 꽉 붙들고는 죽어라 흔들어댔다.

(아주 여러 해 전에 엄마도 이렇게 나를 흔들었다. 큰소리로 호통치면서 욕하고 애원했다. 그때 내 마음은 산산이 부서져버렸다.)

"나랑 섹스해줘! 부탁이야."

(아페이, 나랑 섹스해줘……)

(한 번 또 한 번 그렇게 사라지지 좀 마.)

그가 내 음도에 들어왔다. 바닥 없이 깊은 그 미궁으로 들어왔다. 모든 것을 녹일 수 있는 미궁이었다. 나는 내 중지를 물었다. 자신의 아이를 물었다.

"두 사람 얘기를 좀 해봐! 그녀의 젖가슴이 예뻤어?"

"그녀가 오르가슴에 도달했을 때 노래를 부르던가?"

"당신이 그녀를 울게 했어? 웃었어? 날카로운 소리를 질렀어?"

......

"그녀가 젖었어? 아주 많이 젖었어?"

"그녀가 거짓말을 했어? 그녀가 오럴섹스를 좋아했어?"

"그녀가 날 닮았어?"

"그녀가 날 좋아해?"

(하늘 가득 날아다니는 나비를 보았다. 나는 아리와 부드러운 풀밭 위를 뒹굴고 있었다. 아페이의 목소리가 바람 속을 떠다녔다.)

(우리 세 사람이 찰싹 한데 달라붙어 있었다.)

(한데 달라붙어 있었다.)

*

그날 이후로도 나는 여전히 미궁을 찾았다. 하지만 아페이는 사라지고 없었다.

맨 처음에는 아리가 내 뒤를 따라왔다. 연달아 사흘을 그랬다. 우리는 조용히 술을 마셨다. 바이씨 형제는 돌아가면서 아주 처량하게 음악을 연주했다. 9시 반까지 그랬다. 아페이는 오지 않을 것이 확실했다. 우리는 그제야 운명을 같이하는 사람들처럼 손에 손을 잡고 미궁을 나섰다. 집에 와서는 격렬하게 섹스를 했다. 아리는 몸에 있는 정액을 전부 소진하고 싶어하는 양 나와 미친 듯이 섹스를 했다. 나는 힘들게 일하는 은행 출납계 직원처럼 한 치의 오차도 없이 그의 정액을 전부 몸 안에 받아들였다.

아페이 때문에 우리는 더 가까워졌다. 아페이 때문에 상대를 다

130

시 발견했다.

(나는 반드시 그녀를 기다려야 했다. 그녀가 나타나기를 기다려야 했다.)

그 뒤로 아리는 자신의 궤도로 돌아갔다. 출근해서 열심히 일하다가 퇴근하면 거래처 접대를 했다. 나는 아페이가 없어 썰렁한 미궁을 고수했다. 상사병을 앓고 있는 게으른 두 흰쥐를 고수했다.

나의 여정을 계속했다.

열흘 가까운 기간(한 세기를 지난 것처럼 길게 느껴졌다) 동안 나는 혼자 거울로 가득한 그 터널을 지나다녔다. 도중에 여러 번 걸음을 멈추고 두리번거리기도 했다. 아페이의 얼굴이 사면팔방에서 나를 향해 다가오는 것만 같았다. (손을 뻗으면 아무것도 만져지지 않았다.)

심지어 555담배를 사기도 했다. 담배에 불을 붙이면 그녀의 냄새를 맡을 수 있을 것 같았다. 새하얀 담배가 그녀의 손가락처럼 느껴졌다.

나는 혼자 그렇게 그녀를 찾았다.

아페이가 사라진 동안 나는 나 자신에게 집을 하나 찾아주었다.

위치는 미궁과 우리 집 중간쯤 되는 지점이었다. 내가 거주하고 있는 빌딩에 비하면 아예 빈민굴에 가까운 곳이었다. 아래층에는 작은 타이핑 서비스점이 있고 2층은 칸막이로 세 칸의 원룸이 조성되어 있었다. 나는 높고 긴 창문이 있고 발코니가 가장 작은 원룸을 골라 임대했다. 월세는 마티니 열 잔 값이었다. 주택가를 마주하고 있는 작은 골목으로, 도시의 뒷면이라 할 수 있었다.

방 안에는 일인용 침대 하나랑 지도가 인쇄된 간이 책상, 천으로 된 싼허표 간이 옷장(위에 스누피와 찰리 브라운이 그려져 있다) 등이 있고 바닥에는 흑록색 전화기가 한 대 놓여 있었다. 천장에는 커버가 없는 형광등이 하나 매달려 있었다. 이게 전부였다.

대단히 간단하고 밝은 곳이었다.

여러 해 동안 내가 줄곧 갖고 싶었던 것이 바로 이런 집이었다. 중정이나 정원도 없고 체육실, 수영장, 연회장, 사우나 같은 것도 없는 집, 카드키도 필요 없고 필리핀 국적 가사도우미나 빌딩 관리원도 필요 없고 마호가니 바닥이나 이탈리아 소파, 안마 욕조 같은 것은 더더욱 필요 없는 그런 집이었다. 내게 필요한 것은 단지 작은 집 하나뿐이었다. 만신창이가 된 내 몸과 극도로 피곤한 영혼을 편안하게 누일 수 있는 곳이면 충분했다.

벌금 딱지에 따라 전화를 걸 수 있고 몇 걸음만 나가면 집이 보이고 절반의 비용으로 정신과 의사를 만날 수 있는 집, 이런 곳이면 됐다. 이렇게 간단한 일을 왜 전에는 하지 못한 것일까?

매일 오후 2시에 나는 이 집에 왔다. (원래는 성장成長 수업을 받고 정신과 의사를 만나고 미용실에 가서 머리를 감거나 네일 관리를 받던 시간이었다.) 나는 길고 높은 창문 앞에 서서 땅 위의 모든 것을 내려다보았다. 수많은 사람이 골목을 오갔다. 어떤 아이는 항상 세발자전거를 타고 아슬아슬하게 지나갔다. 두 마리 개가 여기저기 돌아다니며 뭔가를 찾았다. 한 마리는 흰 개고 한 마리는 얼룩무늬 개였다. 아이와 개 외에 중년 부인과 노인도 몇 명 있었다. 다양한 방식으로 늙어가는 사람들이었다. 건강한 사람도 있고 허약한 사람도 있었다. 온화한 사람도 있고 거친 사람도 있었다. 아주 멋진 사람도 있고 보기 안 좋은 사람도 있었다.

오후 4시 반부터 누군가가 피아노를 쳤다. 바이엘과 하농이었다. 걸핏하면 꾸지람을 듣는 것으로 보아 그다지 재능이 뛰어나지 않은 아이 같았다. 엄마로 보이는 여자가 화를 내면서 말했다.

"팡수화方淑華, 너는 돼지야."

(아, 이 얼마나 익숙한 장면인가!)

나는 보통 5시 10분 전후까지 그 집에 있었다. 이 시간 동안 담배를 세 대 피우고 생수 한 병과 탄산수 반병을 마셨다. 열 번 내지 열다섯 번 아페이를 그리워했다. 아홉 손가락으로 허공에 대고 그 아이와 함께 바이엘과 하농을 쳤다.

(사라진 중지는 사라진 아페이처럼 순수한 의식의 방식으로 내 연주에 나타나 담배 연기와 함께 이 집을 가득 채웠다.)

나는 낮에는 이 작은 집에 있다가 밤이 되면 미궁으로 갔다. 아페이가 없는 동안에도 나는 계속 살아 있었다. 그녀가 바라던 방식으로 살아 있었다. 살아 있었다.

*

나는 일찍이 피아노를 치는 바이씨와 섹스를 한 적이 있다. (바이씨 형제 가운데 머리가 길고 수염이 없는 키가 크고 호리호리한 남자였다.)

대략 아홉 번째 되던 날(집을 구하고 나흘째 되던 날) 미궁에 갔다. 무대 위에는 그 사람뿐이었다. 그날 밤 그는 극도로 절묘한 피아노 연주의 기교를 보여주었다. 그제야 나는 아페이와 트럼펫 연주자가 줄곧 그의 재능을 가리고 있었다는 것을 깨달았다.

중간 휴식 시간에 그가 내 옆에 와서 앉았다.

"오늘 연주 정말 훌륭했어요."

그가 내 얼굴을 쳐다보자(그의 얼굴에는 셀 수 없이 많은 주름이 있었다. 가까이서 보니 추상화 같았다) 참지 못하고 칭찬을 해주었다.

"당신의 관심을 끌려고 특별히 더 노력했어요!"

바이씨는 이렇게 말하면서 계속 손에 낀 반지를 돌리고 있었다. 반지 위에서 은색 뱀 한마리가 춤을 추고 있는 것 같았다.

"아페이는 어디 갔나요?"

내가 그에게 물었다.

"아무도 몰라요. 그녀는 원래 작은 바이씨랑 같이 살았는데 어떻게 된 건지 갑자기 보이지 않더군요. 다급하게 사방으로 수소문하고 있지만 아직 못 찾았어요. 오늘은 남부로 가서 찾아볼 생각이에요."

"언제 사라진 건가요?"

"아주 많은 일이 닥치자 사라졌어요. 이건 일종의 법칙이지요! 당신과 나도 예외가 아니에요. 발에 쇠고랑 차고 진열장에 들어가는 것과 마찬가지지요. 남는 것들 가운데서도 아주 사소한 것들뿐이에요."

이렇게 말하면서 그는 내 왼손을 잡아 눈동자에서 50센티미터쯤 떨어진 거리까지 가져가 보고 또 보았다.

"남는 것이라면, 예컨대 상처 같은 건가요?"

내가 물었다. 훌륭한 외과 수술 뒤에 남은 상처는 그 자리에 원래 손가락이 없었던 것처럼 완벽했다.

"상처 말고도 빈자리가 남지요."

그는 나를 향해 가볍게 미소 지으면서 아주 뾰족한 고양이 이빨 같은 치아를 드러냈다.

"정말 정교한 공연을 보고 싶지 않아요? 입장료도 없어요!"

그가 내 손을 잡고 일어섰다.

그날 밤, 나는 미궁의 창고에서 극도로 정교한 피아노 예술 수법과 성애의 아름다움을 경험했다. 내 몸은 커피 냄새와 낡은 가구 냄새가 가득한 협소한 공간에서 인체공학을 초월하는 갖가지 자세를 취했다. 그가 입으로 연주하는 음악을 따라 수없이 오르가슴에 도달했다. 그러는 동안 반복적으로 엄마의 일이 기억났다. 피아노가 신음하는 소리를 듣고 조용히 울었던 일도 기억났다……

(아름다운 공연이었다.)

(몸으로 탄주하는 악장이었다.)

*

나는 종종 어쩌면 엄마가 죽었을지도 모른다는 생각을 했다. (내가 결혼하던 날 엄마는 일찌감치 죽었다. 어쩌면 이보다 더 일찍 죽었는지도 모른다. 엄마는 임신을 해서 결혼하지 않으면 안 되게 되었을 때 이미 죽은 것이나 다름없었다.)

여러 차례 용기를 내서 아리에게 엄마가 어디 있는지 묻고 싶었다. 달리 생각해보니 엄마는 나를 보고 나면 더더욱 나 자신을 통제하지 못했을 것 같다. 그렇게 됐다.

아리는 최근 몇 년 동안 틀림없이 적절하게 자기 엄마를 돌보고 있을 것이다! (그녀의 슬프고 텅 빈 마음은 누구도 돌볼 수 없었다.)

수많은 일에 나는 무능하고 무력했다. (아빠는 작년에 이미 재혼했고 자매들도 각자 시집을 갔다. 엄마만 혼자 남아 계속 광기를 상대로 싸우고 있었다.)

무능하고 무력했다.

나의 고양이(열두 살이 되던 해에 아빠가 온몸이 병투성이인 하얀 새끼 고양이를 다시 데리고 왔다. 오른쪽 눈에 주먹으로 얻어맞은 것처럼 검은 털이 나 있었다) 녀석 때문에 얼마나 많이 욕을 먹었는지 모른다. 어찌 된 일인지 모르지만 그 부드럽고 이상한 털이 더부룩하게 난 작은 생명이 나를 깊이 끌어당겼다. 나는 녀석을 수없이 피아노 의자 위에 올려놓고 녀석의 숨소리를 들으면서 바로 옆에서 피아노를 쳤다. 내가 나 자신을 위해 살고 있고 나 자신을 위해 피아노를 치고 있다는 행복감이 가득했다.

내가 계속 살아갈 수 있도록 힘을 주고자 작은 고양이가 내 마음속에 보금자리를 마련한 것 같았다.

그날 수업을 마치고 집에 돌아와 집 안팎을 다 뒤졌지만 고양이는 보이지 않았다.

마지막으로 마당에 나가서야 녀석을 발견할 수 있었다.

건조하고 차가운 바람 속에서 고양이는 시든 꽃처럼 나뭇가지에 걸려 있었다. 가볍게 몸을 떨고 있었다. 나는 그 하얀 물체를 주시하다가 검은 눈 속의 눈동자가 절반이나 돌출되어 있는 것을 발견했다. 나는 그 광택 잃은 눈을 계속 응시하면서 뼈가 아파오는 것을 느꼈다. 거꾸로 매달린 것이 내 영혼 같았다. 공기 중에 노출된 눈동자는 내 온몸의 뼈 같았다……

왜 이렇게 된 것일까? (장난기가 심하긴 했지만 제 발로 기어 올라간 것 같지는 않았다!)

쾅 하고 창문이 열렸다. 창문에서 엄마의 얼굴이 튀어나왔다. 얼굴에는 행복에 겨운 미소가 넘쳤다. 거의 잔혹하게 미소 짓고 있었다. 엄마는 갈채를 기다리기라도 하듯이 나를 바라보았다.

"단념했어?"

귓속말에 가까운 소리로 그녀가 다시 말했다.

"단념했어?"

"단념했어?"

나는 그 말을 들으면서 참지 못하고 그 자리에서 구토를 했다. 고개를 돌려보니 문 앞에 서 있는 아빠와 큰언니가 눈에 들어왔다. 그들은 극도의 동정심이 담긴 표정으로 "생명을 잘 보살펴, 마음속에 사랑이 있잖아"라고 쓰인 포스터를 들고 나를 바라보는 것 같았다.

나는 구제되지 못한다는 걸 알았다. 이건 나의 운명이었다.

(포기했어. 가져가!)

(나의 몸과 마음, 나의 생명과
영혼까지 다 가져가라고.)
(쓸모 있는 것, 너를 만족시키고 너를 즐겁게 할 수 있는 건 다
가져가.)
(전부 다 가져가라고.)

*

그러다가 열한 번째 되던 날 저녁 8시 23분이었다.
8시 23분, 내가 두 번째 마티니 잔을 비웠을 때 얼굴에 톰 크루
즈 같은 멋진 미소를 걸친 종업원이 다가왔다.
"실례합니다. 아가씨. 프런트에 전화가 와 있어요."
(무대 위에서는 회색 머리에 촌스러운 얼굴을 한 바이씨 형제의
동생이 쳇 베이커의 'It Could Happen to You'를 연주하고 있었
다. 온갖 황당하고 이치에 맞지 않는 일들이 우리에게 닥쳐오리라
고 선언하는 것 같았다.)
아리가 빨리 집에 돌아오라고 재촉하기 위해 건 전화일 것이다!
더 뭉개면 시간을 낭비하고 돈도 낭비하게 되며, 위장을 상하는 동
시에 마음도 상하게 된다고 타이르기 위한 전화일 것이다.
"여보세요, 나예요."
(당장 밖으로 나와요. 입구에 흰 택시가 서 있을 거예요. 차량 번
호는 'OT2309', 당신을 내게 데려다줄 거예요.)
(OT2309이라고요?)
아페이였다. 그녀는 내가 입을 열기도 전에 전화를 끊어버렸다.

머릿속이 온통 안개였지만 나는 얼른 계산하고 밖으로 나왔다. 문 밖에 정말로 그 차가 기다리고 있었다.

택시는 25분쯤 달리는 동안 세 개의 신호등을 통과하고 열세 번 모퉁이를 돌았다. (그 가운데 여덟 번은 마지막 5분에 집중되어 있었다.) 눈 깜짝할 사이에 차 한 대와 개 한 마리가 간신히 통과할 수 있는 좁은 골목으로 들어섰다. 기사는 유행가를 들으면서 아주 유쾌하게 핸들을 움직여 골목 안에서 차를 돌렸다.

(그런 굴곡과 회전 방식이 미궁과 너무나 흡사했다. 헬리콥터를 타고 위에서 내가 탄 차를 내려다보면 정말로 한 마리의 작은 흰쥐 같았을 것이다.)

"안전하게 목적지에 도착했습니다!"

기사가 득의만면하여 말했다.

우리는 '카이신開心* 빵'이라는 작은 가게 앞에 멈춰 있었다.

아페이는 이 가게 앞에 쪼그리고 앉아 담배를 피우고 있었다. 티셔츠에 청바지 차림이었다. 옷에 선글라스를 낀 쥐 세 마리가 그려져 있었다.

그녀는 내 손을 잡고 한마디 말도 없이 가게 안으로 들어갔다. 카운터 옆에 앉아 있던 어르신이 고개를 끄덕이더니 작은 문을 열고 우리를 안으로 안내했다. 안은 무척 음침하고 어두웠다. 벽에 5촉짜리 작은 야간등 하나만 켜져 있었다. 우리는 벽을 더듬어가며 나무로 된 듯한 계단을 오르기 시작했다. 총 마흔다섯 계단 가운데 서른여섯 번째를 지나 크게 모퉁이를 돌고서야 구세주처럼 온통

---

* 즐거움이라는 뜻으로 홍콩의 프랜차이즈 빵집이다.

환한 빛이 쏟아졌다.

(무슨 이런 괴상한 집이 다 있나! 그렇게 긴 계단을 한 칸 오를
때마다 죽은 사람의 뼈를 밟는 것처럼 요란하게 삐거덕 소리가 났
다.)

눈앞에 아주 넓은 객청이 하나 나타났다. 낡긴 했지만 1950년대
의 부유하고 전아한 분위기를 지닌 가구들이 갖춰져 있었다. 의사
나 중학교 교장 선생님이 소유했을 법한 집이었다.

(하얀 벽에 희고 거대한 물체가 하나 서 있었다.)

피아노가 보였다. K2309, 나의 흰 코끼리였다.

고개를 돌려 아페이를 바라보았다. 그녀는 두 팔로 가슴 앞에 팔
짱을 끼고서 신비한 표정으로 나를 바라보며 미소 지었다.

"맞아요! 적지 않은 시간을 들여 찾아냈지요!"

나도 모르게 피아노에 가까이 다가갔다.

(어떻게 이럴 수 있지?)

피아노가 내 눈앞에 있었다. 손을 뻗으면 만질 수 있었다. 정말
오랜만이었다. 나의 흰 코끼리. 약간 수척해진 듯했다. 치아가 누
렇게 바래 있었다. 틀림없이 노상 자고 싶어하던 병도 더 심해졌을
것이다. 하지만 몸은 여전히 희고 아름다웠다.

(네가 바다에 빠져 죽은 줄 알았어!)

나는 머리를 피아노에 가져다 대고 가볍게 비벼댔다. 피아노는
부끄러운 듯 가볍게 몸을 흔들었다.

(지난 몇 년 동안 적지 않은 일이 일어났다.

나는 바보가 되어 있었다!)

매끄러운 피아노 몸체에 손바닥을 대는 순간 전기가 통한 것 같

은 촉감과 함께 극도의 흥분을 감추기 어려웠다. 나는 5분 정도의 시간을 들여 손가락 끝과 혀로 내 피아노를 만지고 애무하고 확인했다. 동시에 피아노로 하여금 나를 기억하게 했다.

알고 보니 줄곧 비어 있던 곳이었다. 부족한 것은 피아노에 대한 정감이었다.

순수하게 나 자신과 피아노의 사적인 일이었다. 엄마가 되는 것도 싫고 음악학교도 하고 싶지 않았다…… 누군가의 어떤 일도 하고 싶지 않았다!

"쳐봐요! 아주 어렵게 만났잖아요."

언제인지 모르게 아페이가 내 등 뒤에 와 있었다. 그녀가 내 목에 입을 맞췄다.

"안 돼요. 손가락이 맞지 않아요."

나는 샐러드포크 모양으로 변한 왼손을 들어보고는 참지 못한 채 고개를 가로저었다.

"바보! 손가락 하나가 없어도 칠 수 있어요!

게다가 아직 아홉 개가 남아 있잖아요!"

그녀가 내 두 손을 잡아끌어 피아노 건반 위로 가져갔다.

"정말 가능할까요?"

나는 약간 두려웠다. (도레미조차 치지 못할 것 같았다.)

"물론 가능하지요! 그냥 피아노를 치는 거지 누구랑 손가락이 몇 개인지 시합하는 게 아니잖아요.

잊지 마요. 자기 자신을 위해 피아노를 치는 거예요. 무슨 위대한 음악가의 무료한 이름 같은 걸 위해서 치는 게 아니라고요!

치지 못한다면 이 어르신께서도 이 피아노를 당신에게 선물할 이유가 없지요!"

"피아노를 제게 선물한다고요?"

나는 너무 놀라 하마터면 심장박동이 멎을 뻔했다.

"그래요! 맨 처음에도 돈 한 푼 들이지 않고 이 피아노를 받았거든요. 그 젊은이 말로는 병원에 입원해 있는 부인을 자극하게 될까봐 두려워 열심히 연습하려는 아이에게 무료로 주기로 했다는 거예요. 애석하게도 그 아이는 작년 여름에 출국해버렸지요."

어르신이 말했다. 아주 무겁고 힘 있는 목소리였다.

"내가 보기에 진정으로 이 피아노를 필요로 하는 사람은 아가씨인 것 같군요!

더 이상 도망치려 하지 말아요! 그동안 이 피아노는 여기서 너무나 외로웠으니까요.

집으로 가져가시는 게 좋을 것 같군요."

어르신은 내게 가까이 다가와 두 손을 앞으로 내밀고는 흔들었다.

뜻밖에도 그의 손가락은 다 합쳐서 여섯 개뿐이었다! 왼손에 두개, 오른손에 네 개였다. 카툰 도안에 나오는 돌로 된 빵처럼 기이하게 통통한 두 손이었다.

"정말로 손가락이 문제 된다면 시간 날 때 오셔서 저희 집 빵을드셔보세요! 빵 맛은 손가락이 몇 개인지와는 아무런 관계가 없다는 걸 아시게 될 겁니다.

중요한 것은 마음을 써서 행동하는 겁니다. 한마음 한뜻으로 손님들이 그리워할 빵을 만들어내기만 하면 빵의 향기만 맡고도 성공 여부를 알 수 있지요."

(중요한 것은 마음을 써서 행동하는 것이다.)

(하지만 내 마음은 어디로 간 걸까?)

"다시 미궁에 가서 노래를 불러요! 당신이 없으니까 모두가 쓸쓸해한단 말이에요."

아페이는 나를 데리고 구불구불한 골목을 빠져나왔다. 내 마음 속에 달콤한 빵 향기가 가득 넘쳤다. 흰 코끼리는 정이 가득한 표정으로 떠나는 나를 바라보면서 눈길을 흩트리지 않고 있었다. 끊임없이 어르신의 여섯 손가락이 생각났다.

"나를 부르기만 하면 어느 곳이든 나타날 거예요."

아페이의 웃는 얼굴이 달빛 아래서 유난히 밝고 맑아 보였다.

"섹스를 하고 싶을 때 불러도 괜찮아요?"

발밑의 가죽 샌들을 내려다보았다. 발가락이 유난히 붉어져 있었다.

"물론 가능하지요!

하지만 아직 때가 오지 않았어요."

아페이는 지나가는 택시를 세워 나더러 어서 타라고 했다. 문을 열고 차 안에 타면서 문득 지금 헤어지면 다시는 그녀를 볼 수 없을 것 같은 생각에 서글픔이 밀려왔다.

(또다시 사라지지는 않겠지!)

(도대체 언제까지 기다려야 하는 걸까?)

"이른바 '섹스 시간표'는 없어요!

때가 되면 자연스럽게 알려줄게요."

그녀는 차 안으로 빵이 가득 든 커다란 봉투를 들이밀면서 오른손 엄지를 내밀어 내게 잠시 빨게 했다. 그러고는 차 문을 닫은 다음 어둠 속으로 사라졌다.

(때가 되면 알려줄게요.)

갑자기 그녀를 한번 보고 싶었다.

(우리 엄마.) (엄마는 아직도 쇼팽을 연주할까?)

때가 됐을까?

*

이렇게 쉬운 일이었다.

그저 섹스를 하고 나서 가벼운 목소리로 물었다.

"엄마는 어디 있지?"

아리는 약간 놀라는 표정이었다. 하지만 애써 마음을 가라앉히며 대답했다.

"동부 산 위에 계셔! 매달 한 번씩 뵈러 가지. 텔레비전과 비디오 플레이어도 새로 사드렸어. 일본 애니메이션을 좋아하시거든."

"내일 만나러 가도 돼?"

"문제없지! 한데 마음의 준비는 좀 해야 할 거야!"

(뭘 준비해야 하는데? 방탄복과 헬멧을 준비해야 하나?)

"아직 요양원에 계셔?"

내가 물었다. (그런 요양 방식은 엄마에게 아무 소용이 없었다. 그저 아리의 돈만 적지 않게 허비할 뿐이었다.)

"요양원이 아니라 일종의 케어센터야. 개인들의 클럽 같은 거지. 유명 인사 집안의 가장들이 많이 입주해 있어!"

"그럼 또 뭘 준비해야 하는데?"

(발작이 일어날 때보다 상황이 더 안 좋은 거야?)

아리는 꽤나 심각한 표정을 지으면서 내 등을 두드려주었다. 그러고는 평소보다 열두 배는 더 따스한 투로 말했다.

"그런데 지금 어머니는 지비 마루코櫻桃小丸子*를 제외하고는 아무도 못 알아보셔."

(아무도 못 알아본다.)

못 알아본다.

*

비행기가 하늘을 날고 있었다. 하늘 색깔은 잿빛이었다. 심정이 별로 안 좋은 모양이었다. 나는 비행기 안에서 쇼핑백에 든 빵 세 개를 꼭 쥐고 있었다. 마음이 몹시 긴장됐다.

버스를 한 번 갈아타고 택시로 45분 정도 달려 케어센터에 도착했다. 아예 세상 밖 도화원 같은 곳이었다. 산을 등지고 물가에 인접해 있어 풍경이 아름다운 것은 말할 것도 없고 건물과 설비는 더 소박하고 운치 있었다. 아쉬운 것은 사방에 진한 고독의 분위기가

---

* 우리나라에는 『마루코는 아홉 살』이라는 제목으로 알려진 일본 애니메이션의 주인공이다. 이 애니메이션은 같은 이름의 만화가 사쿠라 모모코의 작품으로 흔히 『사자에상』『도라에몽』과 함께 일본의 3대 국민 애니메이션으로 평가되고 있다.

가득하다는 것이었다. 일단 안으로 들어가면 마음이 엷은 슬픔에 전염되는 듯했다.

엄마를 보았다.

마침 텔레비전 속 마루코가 노래를 부르고 있었다. 엄마의 얼굴은 모니터에서 50센티미터밖에 떨어져 있지 않았다. 뒤에서 바라보면 몸 전체가 움츠러들어 등나무 의자 속으로 말려들어간 것 같았다. 짧게 자른 머리는 숱이 많이 남아 있지 않았다.

(정말로, 모두가 변했다.)

"대부분의 시간 동안 비디오만 보고 계셔. 눈에 별로 안 좋은 것 같은데도 말이야! 하지만 이렇게라도 하는 것이 오히려 많이 편하지. 예전처럼 시도 때도 없이 띵동띵동 시끄럽게 피아노를 치거나 물건을 넘어뜨리는 등 시끄럽게 굴어서 사람들을 못 견디게 하시는 일은 없으니까 말이야."

하얀 제복 차림의 스무 살 전후의 간호사가 나를 안내해 엄마와 만나게 해주었다. 아주 청순하고 예뻐 보이는 아가씨였다. 내가 이렇게 젊은 아가씨가 이런 곳에 와서 일한다는 건 쉽지 않은 일이라고 말하자 그녀가 말을 받았다.

"여긴 대우가 아주 좋아요. 그리고 조용하지요. 저는 노인들이 좋아요. 노인들은 다 착하시거든요.

그리고 어머님은 가장 젊고 가장 아름다운 분이에요. 이런 곳에 오신 것이 정말 의외였어요. 전에 하신 말씀으로는 당신이 피아니스트였다고 했지요. 피아노를 치시면 정말 듣기 좋았어요! 안타깝게도 지금은 그렇게 못하시지만요. 마루코를 보는 것 말고는 어떤 일도 하기 어려우세요······"

(엄마는 자신이 피아니스트라고 말했다.)

(누가 아니라고 하겠는가?)

간호사는 엄마를 안아 의자에서 내려 침대에 눕혔다. 그런 다음 우유를 조금 먹이고는 먼저 방에서 나갔다. (어떻게 그렇게 힘이 센 건지 의아하기만 했다.)

"엄마 나 왔어."

내가 엄마에게 말했다. 창밖은 아주 아름다운 정원이었다. 엄마는 줄곧 정원의 커다란 나무를 바라보고 있었다. 나무 아래 황갈색 커다란 개 한 마리가 누워 있었다.

엄마는 대답을 못 하는 것 같았다! 나는 의자를 끌어다놓고 엄마 옆에 앉아 봉지에 든 빵을 아주 작게 잘라 엄마의 입에 넣어주었다.

"빵이 끝내주게 맛있어요! 손가락이 여섯 개밖에 없는 어르신이 만든 거야. 좀 먹어봐요."

나는 자디잘게 자른 빵을 엄마 입에 한 조각 넣어주었다. 엄마는 빵을 입에 넣고 있기만 했다. 입가에 침이 약간 남아 있었다.

"어느 날 내가 부엌칼로 내 손가락을 잘랐어. 그걸 변기통에 넣고 물을 내려버렸지! 사실은 너무 아파 죽을 것만 같았어! 왜 그랬는지 모르지만 어렸을 때부터 줄곧 그럴 생각을 해온 것 같아. 열 손가락을 전부 잘라버리지 못하는 게 한이었지. 잘린 손가락을 전부 다져 육장肉醬을 만들어 쓰레기통에 버리고 싶었어······"

나는 쉬지 않고 말을 이어갔다. 빵 하나를 다 먹고 나서 창가의 피아노 옆으로 갔다. 그제야 엄마가 줄곧 나를 바라보고 있었다는 것을 알아차렸다. 피아노 뚜껑 위로 머리카락이 세 가닥 떨어져 있었다. (정말 고질병은 고치기 어려운 듯했다.)

"이렇게 사소한 일에는 너만 신경을 쓰지."

나는 이 세 가닥 머리카락을 입김으로 가볍게 날려버렸다. 그런 다음 피아노 뚜껑을 열고 의자를 가져다놓고 앉았다.

"아직도 피아노를 치고 싶어. 옛날보다 더 치고 싶어졌어.

왜 그런지 알아요?"

(대답이 없었다.)

"피아노가 내 마음이었기 때문이야! 누군가 내 머리를 부드럽게 쓰다듬어주었다면 끊임없이 좋은 소리를 냈을 거야.

엄마도 틀림없이 그랬을 거야! 다만 방법이 잘못됐을 뿐이지. 일부러 누군가에게 상처를 준 건 아닐 거야. 내가 잘 알아."

나는 아주 조심스럽게 피아노 건반을 눌렀다. 손가락이 차가운 건반에 닿았다. 모든 것이 다 녹아버릴 정도로 감동적이었다……
나는 처음 피아노를 쳤던 그 오후가 기억났다. 아마 '반짝반짝 작은 별'을 쳤을 것이다! 엉망진창인 주법을 스스로 만들어냈다. 아니, 사실은 피아노가 나를 부른 것이었다. 나는 다시 한번 손가락을 피아노에 건네고 전심전력으로 그 신비한 상자 속으로 몰입해 들어갔다…… 나는 아홉 개 손가락만으로도 똑같이 음을 찾을 수 있었다.

(서툴고 어색하고 빈번하게 중단되는 악장, 바로 그게 나와 피아노 사이의 최초의 대화 아니었던가?)

(지금 또다시 재연되고 있다.)

"또 많은 일이 모두 달라졌다!"

연주를 마친 나는 엄마를 침대에서 부축해 일으킨 다음 침대 머리에 등을 기대고 앉았다. 엄마의 얼굴을 자세히 살펴보니 뜻밖에도 그리 많은 변화가 있는 것은 아니었다. 사람들로 하여금 숨죽이게 하던 훌륭한 것들은 타고나는 것이지 배워서 얻을 수 있는 것이 아니었다. 엄마는 공허한 눈을 크게 뜨고 나를 바라보았다. 눈동자 속에 잔잔한 물결들이 보이지 않았다. 나의 거꾸로 선 그림자도 보이지 않았다.

(적어도 마침내 엄마는 평정을 되찾은 것이다.)

"예전에 엄마가 걸핏하면 나한테 억지로 파인애플 먹는 벌을 주었던 것 기억해? 음이 하나 틀릴 때마다 파인애플을 한 조각씩 먹게 했지.

자매들은 모두 나를 시기하고 질투했지만 나한테는 그게 독약 같은 것이었다는 걸 엄마는 알지 못했지? 내가 파인애플을 두려워하는 게 거의 히스테릭한 수준이라는 걸 알고서 엄마는 일부러 그런 특이한 징벌 방식을 택했던 거야!

그때 나는 정말 불쌍했어. 항상 옷장 속에 숨어 울었지!

하지만 지금은 울고 싶어도 울음이 나오질 않아…… 엄마의 그 따스하면서도 잔혹했던 사랑이 그리울 뿐이지……"

나는 엄마에게 마음속에 쌓인 말을 한 적이 없다. (누구에게도 말하지 않았을 것이다!) 뜻밖에도 처음으로 속마음을 털어놓은 것도 나 자신에게 하는 혼잣말이었다.

그래도 나쁘지 않았다. 계속 그 무료함과 광기와 엉망진창인 생각에 시달리지만 않으면 그만이었다. 위대하고 완벽한 사람이 되는 것은 애당초 몹시 드문 일이지 않은가?

"엄마."

낮은 목소리로 엄마를 불러보았다. (엄마, 엄마, 엄마.)

"다시 어렸을 때로 돌아가고 싶어."

손을 뻗어 엄마의 상의 단추를 풀었다. 하나하나 살그머니 풀었다. 상의 아래로 미세한 진동이 느껴졌다.

"또다시 엄마의 젖가슴을 빨고 싶었어. 잠이 들 때까지……"

눈앞에 축 처진 주름투성이의 쪼그라들고 바싹 말라버린 유방 두 개가 나타났다. 탄력을 잃은 젖가슴은 여전히 따스한 숨결을 발산하고 있었다. 흑갈색 젖꼭지는 유즙을 분비하지 못했지만 대신 따스한 향기를 분출했다. 나는 엄마의 젖꼭지를 만졌다. 입을 맞추고 빨았다. 따스하고 탐욕스럽게, 게걸스럽게 미친 듯이 거의 꺼져가는 그 생명을 빨면서 더없이 외로운 쾌락 속으로 빠져들어 갔다……

희열의 절정에 이르렀다.

(기묘한 음악이 내 하체에서 흘러나왔다.)

(졸졸졸 그치지 않았다……)

*

비행기에서 내리자마자 곧장 미궁으로 달려갔다.

시간은 밤 11시 정각이었다. 무대 위에서는 또 다른 4인조 밴드가 공연을 하고 있었다.

아페이는 내가 항상 앉는 테이블에 앉아 있었다.

"엄마를 만났어요."

내가 말했다. (맡아봐요. 내 몸에 아직 엄마의 체취가 남아 있거든요.)

"'반짝반짝 작은 별'을 치기도 했어요."

내가 다시 말했다. (아홉 손가락으로 특이한 기법으로 여덟 번이나 연주했다.)

"다 알아요."

아페이가 말했다. 그녀가 내 왼손을 잡아 테이블 밑으로 당기더니 자기 치마 속으로 잡아끌었다. 옷은 전부 세 겹이었다. 산을 넘고 골짜기를 건너 그녀의 두 다리 사이에 이르렀다.

(그녀는 팬티를 입지 않고 있었다.)

(움푹 파인 지점에서 샘물이 솟아나와 내 손을 통째로 삼켜버렸다.)

"때가 된 건가요?"

더 이상 참을 수 없었다. (빨리 줘요!)

그녀는 내 오른손을 잡아 자기 입에 넣고는 깨물기 시작했다. 나는 해답을 알았다. 내 손바닥을 물어야 자신이 크게 소리 내는 것을 막을 수 있었다. 내 몸의 모든 관절에서 부지직 소리가 났다. 서로의 무릎이 마찰되면서 불꽃이 일었다. 곧장 그녀의 몸 안으로 뚫고 들어가 대규모 공격을 감행하지 못하는 게 한이었다……

내 손에서 피가 났다. 핏빛이 내 눈을 흐릿하게 가렸다…… 우리는 거의 뒹굴듯이 함께 미궁에서 빠져나온 다음, 서로 뒤엉킨 채 그녀의 차 안으로 뚫고 들어갔다. 그녀가 가속페달을 최대로 밟자 차는 절정의 날카로운 비명 속에서 앞을 향해 쏜살같이 달려나갔다. 곧장 어둠 속 가장 깊은 곳을 향해 달려나갔다……

이때부터, 밤낮을 가리지 않고, 광란의 환락이 계속되었다.
(체내의 미궁 속에서 수없이 몸을 뒤집었다.)
(더 이상 출구를 찾지 않았다.)

*

(육체의 미궁) 나의 작은 집이었다.

밤새 우리는 상대방의 몸에서 떠나지 않았다. 화장실에 갈 때도 서로를 껴안고 누런 오줌으로 몸이 다 젖어 고약한 냄새를 풍기며 함께 움직였다…… 그러다가 우리는 창문 커튼을 걷어내 이불 삼아 몸을 말고 발코니에서 깊은 잠에 빠졌다. 이른 아침의 추위가 우리를 깨웠다. 우리는 참지 못하고 또다시 서로의 체온을 나눴다…… 그리고 다시 깊은 잠에 빠졌다.
(그녀는 완전히 내가 필요로 하는 모습이었다. 피부의 온도에서 음모의 색깔과 광택, 성기의 모양에서 신음의 방식과 몸을 뒤집는

동작, 애무의 기교, 오르가슴의 반응……까지 전부 내 기억에 정확히 들어맞았다. 그녀는 내가 어렸을 때 잃어버린 나의 일부였다. 그녀의 몸을 관통하여 나는 아주 오랫동안 잊었던 기억을 되찾았다.)

내가 깨어났을 때, 작은 집은 엄연히 낙원이 되어 있었다.
(그녀가 어떻게 한 것인지는 알 수 없었다.)
알고 보니 텅 빈 과자 상자 같았던 집이 지금은 마귀할멈의 사탕집 같아졌다. 벽 쪽에는 각양각색의 통조림과 빵, 과자, 토스트가 놓여 있고 맥주가 피라미드처럼 쌓여 있었다. 보드카와 위스키가 전시회처럼 아름다운 모습으로 눈앞에 잔뜩 쌓여 있었다. 집의 구석구석마다 크고 작은 술잔이 펼쳐져 있고 술잔마다 셀 수 없이 많은 장미꽃이 꽂혀 있었다. 바닥에는 부드러운 베개와 이불 같은 것이 쌓여 있었다. 더 놀라운 것은 열심히 젖을 먹고 있는 작은 고양이도 한 마리 있었다는 것이다.
"내가 뭘 놓친 걸까?"
나는 아예 이 모든 것을 믿을 수가 없어 눈을 비볐다.
"돈을 거의 다 써버렸어! 적잖은 물건을 훔쳐야 했지."
아페이는 재빨리 옷을 벗고 내 곁으로 다가왔다. 혀가 작은 뱀처럼 미끌미끌했다.
"여길 완전히 다 뒤집어놓아도 뭐라고 할 사람은 하나도 없는 건가?"
(자신이 어떻게 이처럼 왕성한 욕망을 갖고 있었던 것인지 놀랍기만 했다.)
"물론이지! 여기는 세상의 변두리라 아무도 못 들어와."

아페이는 내 머리와 사지를 헤치고 마음대로 가지고 놀았다.

"세상은 우리와 별 관계가 없는 셈이지!"

내가 말했다. (아리와 가든빌딩, 벤츠 300은 전부 그쪽에 남겨두었다. 내게는 필요 없는 것들이었다.)

"이곳이 바로 우리 세계야.

우리에게만 허락된 대체 불가능한 세계지."

우리는 작은 요정을 무수히 생산해냈고 너무나 즐거운 마음으로 이 작은 집에 둥지를 틀었다. 한순간에 현실을 산산조각 내버렸다. 두 마리 짐승으로 돌아갔다. 아주 오래된 거친 짐승들이었다.

*

얼마나 많은 날이 지났을까? 잘 모르겠다. 바깥세상에서는 어떤 일들이 벌어졌을까? 잘 모르겠다.

그동안 전화벨이 두 번 울렸다. 잘못 걸려온 전화였다. (아페이는 아예 전화선을 잘라버렸다.) 초인종이 서너 차례 울렸지만 우리는 거들떠보지도 않았다.

밖에 비가 왔다. 밤새 쉬지 않고 비가 내렸다. 빗물이 꼭 닫지 않은 창문을 통해 새어들어왔다. 아페이가 쾅 하고 창문을 밀어 열고는 나를 안고 발코니로 굴러갔다. 쏟아 붓는 빗속에서 입으로 나를 철저하게 애무했다. 우리는 추웠고 축축하게 젖어 있었다. 하지만 열정은 전혀 줄어들지 않았다. 그녀는 빗속에서 장미 꽃잎을 내 몸 전체에 뿌렸다. 그런 다음 늑대나 호랑이가 먹이를 삼키듯 미친 듯이 먹어치우며 내 몸을 핥았다.

정말 주지육림이었다. 음란과 방탕이 극에 달했다.

사랑의 영역에 있어서 아페이는 천부적인 예술가였다. 그녀의 평평하고 가냘픈 몸이 놀라운 정력을 발산했다. 그에 비하면 나는 몽유병을 앓고 있는 환자라 눈을 커다랗게 뜨고 이 기괴한 꿈의 세계를 즐겼다. (여기는 세상의 변두리임에 틀림없는데 왜 끝이 보이지 않는 건지 알 수 없었다.)

우리는 갖가지 음식을 모아놓고 서서도 먹고 누워서도 먹었다. 섹스를 하면서도 먹었다. 맥주를 가득 채운 욕조에 들어가 마구 뒹굴기도 했다. 우리는 베개를 뜯고 솜과 닭털을 전부 꺼내 허공에 마구 날렸다. 벌거벗은 몸으로 서로의 몸에 땅콩잼과 버터, 참치 샐러드를 바른 다음 토스트를 가져다 찍어 먹기도 했다.

바깥세상은 소리 없이 사라져버렸다……

우리는 시종 정력으로 가득 차 있었다.

집 안은 온통 아수라장이었다. 고양이도 눈에 띄게 광적인 격정을 보이면서 여러 차례 음식을 탈취하고 육체를 탐하는 유희를 추구했다.

(음란한 작은 흰쥐였다.)

아페이는 어디선가 가위를 가져와 내 머리를 자신과 똑같은 모양으로 잘라놓았다.

그녀는 알몸으로 여러 차례 고양이를 상대로 음식 찌꺼기 속에서 몸싸움을 했다. 그런 모습에서 나는 나 자신을 보았다. 그녀가 내 몸 아래 깔려 신음하고 소리 지를 때도 나는 나 자신을 보는 것 같았다. 그녀가 발코니에 서서 담배를 피우면서 미친 듯이 웃고 춤

추며 노래할 때도 나는 나 자신을 보는 것 같았다······ 한 번 또 한 번 나는 욕실의 거울을 보면서 멍하니 서서 그녀를 바라보고 있는 듯한 착각을 했다. 그녀가 내 두 다리 사이에서 고개를 들고 땀을 줄줄 흘릴 때도 나는 꼭 나 자신을 보는 것 같았다······

나와 그녀 사이에서, 누가 나이고 누가 그녀인지 구별할 수 없었다.

우리는 처음에 상대방의 이름을 묻고 그 이름대로 서로를 불렀지만 나중에는 어떤 것이 그녀의 이름이고 어떤 것이 내 이름인지 구분할 수 없었다.

우리는 물과 젖처럼 서로 잘 녹아들었고 완전히 자기를 잊었다.

(미궁 속에서 쫓고 도망치면서 뛰어다녔다.)

(끝이 없었다.)

하늘은 밝았다가 다시 어두워지고 해는 떴다가 다시 졌다. 온통 칠흑 같은 어둠이 밀려왔다가 그 어둠 속에 희미한 빛이 나타났다. 빛줄기가 끝없는 어둠 속으로 몰입하면서 온갖 환영이 생겨났다.

세상은 시간 밖에서 무너졌고, 시간은 이 집 안에서 산산이 부서졌다.

우리는 서로 사랑했다.

(그랬다. 우리는 서로 사랑했다. 우리만이 해독할 수 있는 방식으로 서로를 사랑했다.)

(서로 교융했다.)

갑자기 햇빛이 몹시 찬란해졌다. 우리는 마지막 고양이 사료 한 접시를 함께 나눠 먹어치웠다. (탄약도 다 쓰고 지원도 끊겨 절체절명의 위기에 처했다.)

창문 유리는 증발해버린 것 같았다. 황금빛 햇살이 막히는 것 없이 곧장 한 무더기씩 쏟아져 들어왔다. 우리 몸은 온통 금가루를 뿌린 것처럼 반짝반짝 빛났다.

나는 황금빛 아페이의 아름다움에 경탄을 금치 못했다.

언제든 녹아 없어질 것 같은 아름다움이었다.

나는 넋을 잃고 서 있었다. (이 얼마나 익숙한 장면인가?)

아페이가 천천히 높고 기다란 창문 쪽으로 걸어갔다. 황금빛 속으로 걸어 들어갔다.

나는 그녀를 바라보고 있었다. 그녀는 점차 황금빛 속으로 몰입되어 들어갔다. 이내 보이지 않았다.

햇살 때문에 눈이 몹시 아팠다. 눈물이 났다. 그녀가 보이지 않았다.

(아페이, 네가 안 보여.)

보이지 않았다.

내가 재빨리 그 햇빛 속으로 뛰어들어갔을 때, 그녀는 이미 사라지고 없었다.

햇빛이 쉭 하는 소리와 함께 하늘로 빨려들어갔다. 나는 멍하니 유리창만 바라보았다. (유리 표면에 희미하게 내 모습이 스쳤다.)

아페이는 연기처럼 구름처럼 흩어져버렸다.

(재는 날아가고 연기는 식었다.)

"아페이."

큰 소리로 그녀를 불렀다. 내 목소리가 유리창 전체를 흔들었다.

그러고 나서.

나는 피아노 소리를 들었다.

('반짝반짝 작은 별'이었다.)

후다닥 고개를 돌려봤지만 방 안은 썰렁했다. 아무것도 없었다.

커다란 흰 코끼리만 편안하게 벽 쪽에 기대어 나를 향해 빙긋이

웃고 있었다.

"때가 왔어!"

흰 코끼리가 내게 말했다.

"아페이는 어디 갔지?"

내가 흰 코끼리에게 물었다.

"모든 사람이 결국에는 자기 위치로 돌아가는 법이야!"

흰 코끼리가 통통하고 부드러운 코를 흔들었다.

"난 어떻게 해야 하지?"

(나는 온몸의 피를 빨려버린 것만 같았다. 빈껍데기만 남아 가벼
운 바람 속에서 흔들리고 있는 것 같았다.)

"이리 와."

흰 코끼리가 힘껏 큰 입을 벌렸다. 검고 흰 이빨이 한 줄 드러
났다.

나는 천천히 흰 코끼리에게로 걸어갔다. (달콤한 순결이 나를 향해 엄습해왔다.)

"지난번 그 곡을 끝까지 다 쳐봐."

흰 코끼리는 여전히 미소 짓고 있었다.

"모든 사람이 자기 자리로 돌아가야 한다고? 그럼 내가 해야 할 일은 계속 듣기 안 좋은 음악을 연주하는 것이란 말이야?"

나는 흰 코끼리의 부드러운 배 속으로 미끄러져 들어갔다. 하마터면 울 뻔했다.

"맞아, 이게 가장 중요한 일 아닐까?"

흰 코끼리가 말했다.

(여기가 바로 너 자신의 세계야.)

알았어?

나는 피아노의 흑백이 나란히 줄지어 있는 미궁 속으로 걸어들어가 잔뜩 신이 나 있는 아홉 손가락을 풀어주었다. 손가락들이 미친 것처럼 가늘고 긴 몸으로 춤을 추었다. 불가사의한 현기증이 한 겹 한 겹 내 주위를 감싸는 게 느껴졌다……

흰 코끼리는 아주 만족한 듯이 나를 꼭 안았다.

(들어봐!)

(음악을)

우리는 서로를 꼭 껴안고 그 자세를 유지했다.

(아페이, 보고 있지?)

(이 껴안고 있는 자세는)

(내 가슴속에 남아)

(계속 유지되었다.)

4.

고양이가 죽은 뒤

1

열하루째 되던 날 저녁 무렵, 점적點滴 주사가 끝나고 고양이가 죽었다. '전염성 복막염'에 걸린 게 분명했다. 약은 아무 소용 없었다.

고양이의 숨이 끊어지는 모습을 나는 보지 못했다. 왜 그랬을까? 기억이 나지 않았다.

2

사람도 키우지 못하면서 어떻게 고양이를 키울 생각을 했던 것일까?

"아마 마음이 귀신에게 홀렸기 때문일 거야!"

그건 사실이었다.

아주 오래 고양이에게 가까이 가지 않도록 나 자신을 훈련시켰고, 그런 이유로 매일 출퇴근하면서 근처에 있는 그 고양이 가게를 지날 때면 보고도 못 본 척하며 빠른 걸음으로 지나칠 수 있었다. 그날, 공교롭게도 가게 입구에서 발을 접질리고 말았다. 너무 빨리 걸은 탓이었다. 귀신에게 홀리듯 진열장 앞에 억류되고 말았다. 귀여운 새끼 고양이가 눈앞에 있었다. 너무나 귀여워 거부하기 어려웠다!

한눈에 녀석에게 빠지고 말았다. 대여섯 마리의 페르시아고양이와 친칠라가 내 눈앞에 있었다. 하나같이 털이 빛나고 몸집이 동글동글하게 살찐 녀석들이었다. 공을 가지고 노는 녀석도 있고 서로 싸우는 녀석도 있고 얼굴을 씻고 있는 녀석도 있었다…… 너무나 예쁜 모습이었다. 하지만 내 눈은 그 녀석만 바라보고 있었다. 털이 절반 가까이 빠진 흰 페르시아고양이였다. 귀에도 털이 없는 녀석이 유리창 앞에 엎드려 나를 쳐다보고 있었다.

쉭 하는 소리와 함께 화살 하나가 나를 향해 날아와 심장 한가운데 박혀버렸다.

무슨 색이었는지는 단언하기 어렵다. 눈이 호박琥珀 같았다. 너무나 익숙한 눈길이었다. 우울하고 뭔가에 억눌린 듯한 눈빛이었다. 나 때문에 상처를 입은 것 같았다…… 어디서 봤지? 나는 그 두 눈 속으로 아주 깊이 떨어져 들어갔다.

그리하여 내야 할 반년 치 방세를 아낌없이 두 손에 받쳐들고 가서 고양이를 품에 안았다. 고양이를 안고 택시를 탔을 때 얼굴에 줄곧 미소가 번졌다. 지갑 안에 1000타이완달러*밖에 없다는 사실은 완전히 잊었다. 월급날까지는 아직 보름이나 남은 터였다! 집주인에게는 뭐라고 말해야 하나? 에이, 그냥 신경 쓰지 않기로 했다……

나중에 알게 된 사실이지만 녀석은 장난기가 심하고 아주 활발하며 낙관적이고 나날이 진보하는 고양이였다. 식탐이 심해 보름 만에 털이 다 돋아났다. 처음 봤을 때의 그런 눈빛은 한 번도 다시 나타나지 않았다.

나는 끼니마다 컵라면과 말라비틀어진 토스트를 먹고 집주인과 술래잡기를 하면서 고양이가 찢어놓은 그림에 응급 조치를 하느라 정신이 없었다. 아침 6시 50분에 고양이가 콧등을 들이대는 바람에 잠에서 깨면 웃음 띤 얼굴로 녀석에게 사료를 주었다…… 마침내 고양이의 세월이 회복되었다. 불가사의한 생활이었다!

3

비는 줄곧 부슬부슬 내렸다. 오늘이 몇째 날이던가? 검정 털 스웨터가 눈 내린 땅처럼 고양이털에 뒤덮였다. 베개도 온통 흰 털이었다. 고양이는 책장 아래 숨어 나의 접근을 허락하지 않았다.

---

* 한화 약 4만 2000원.

깨끗한 걸 좋아하는 녀석은, 지금, 성긴 털 위에 약물과 사료의
잔해들이 묻어 있다. 말라서 딱딱해졌다. 먹지도 않고 씻지도 않
는다.

태어난 지 넉 달도 채 안 된 고양이가 이런 고통을 견디고 있다.
그리고 나는 힘을 쓸 수 없는 사람이다.

억지로 정신을 차리고 출근해서는 화장실에 가다가 스웨터를 뒤
집어 입은 것을 발견했다. 양말도 서로 다른 색을 신고 나왔다.

온통 대혼란이다!

4

대학을 그만둔 지 2년이 넘은 것 같다! 그동안 대체 무슨 일을
한 걸까? 나 자신도 잘 모르겠다. 지금은 낮에 광고사에서 영화 간
판을 그리고 저녁에는 고양이를 껴안고 담배를 피우거나 담배를
피우면서 그림을 그린다.

주마다 남자를 한 번 만난다. 마흔 좀 넘은 나이에 여행사 두
곳을 보유하고 있고 말이 아주 많다. 대부분의 시간을 모텔에서 그
가 말하는 사회의 어지러운 현상들과 인심의 물화…… 같은 것을
들으면서 보낸다. 아주 드물게 한 번씩 섹스를 한다. 그를 통해 각
양각색의 호텔 재떨이와 성냥갑을 모았고 국가의 대사大事도 많이
이해했다…… 이러한 관계에 대한 느낌은 꼭 나 자신의 심득心得을
교환하는 독서 모임 같았다.

집과는 이미 왕래가 끊긴 지 오래다. 어쩌다 신문에서 아빠 이름을 본다. 돈이 많고 명망 있는 성공한 인물이라고 한다.

그림을 그리기 시작했다. 고양이도 주제 파악을 하지 못하고 되사왔다. 남자 덕분에 술도 끊었다. 주지육림을 떠난 생활, 행복과 아름다움으로 가득한 생활이 곧 전개될 테니 모두 기대하시라. 혼잣말하는 습관은 아직도 고치지 못했다. 고양이조차 들어주지 못하는 재미없는 우스갯소리들이다. 에이, 마음은 여전히 무서울 정도로 공허하다. 중점 부위는 이미 상처를 입었겠지! 그게 뭘까?

5

내가 세 살이 되던 해에 엄마가 세상을 떠나는 바람에 나는 시골에 있는 외할머니 댁으로 보내졌다고 한다.

집에는 '후虎'라고 불리는 고양이가 한 마리 있었다. 온몸에 아름다운 호랑이 무늬가 있는 고양이였다. 내가 네 살 때 녀석은 적어도 여덟아홉은 되었을 것이다. 밤이면 할머니는 나를 안고, 나는 후를 안고 차가운 나무판 침대 위에서 잤다. 고요함 속에서 할머니가 가볍게 코고는 소리를 들을 수 있었다. 후는 뇌성 같은 소리를 내며 코를 골았다. 나는 눈을 감은 채 웃음을 찾지 못했다…… 할머니는 잠을 잘 때만 부드러워졌다!

생활은 무척 빈궁한 편이었던 것 같다! 다 커서야 그걸 알게 되었다. 당시에 할머니는 걸핏하면 병이 났고 병이 나지 않을 때면 진鎭에 나가 남의 집 빨래를 해주었다. 항상 미간이 좁혀져 있고 입을 열어 말하는 일은 극도로 드물었다. 집에는 외삼촌이 한 분 있었다. 어렸을 때 넘어져 다리가 부러진 뒤로 치료를 제대로 하지 않아 줄곧 몸이 기울어진 상태였다. 밀짚모자를 만드는 솜씨가 뛰어난 데다 인품이 온순하고 무척이나 조용했다. 사흘에 한 번씩 다리를 절룩거리며 진에 나가 점포에 물건을 납품하고 돌아오는 길에 생필품을 사왔다.

외삼촌은 내가 글씨 쓰는 법과 작은 사람이나 후를 그리는 법을 가르쳐주었다. 나는 그림 그리는 걸 좋아했다. 한 획 한 획 느긋하게 햇볕을 쬐고 있는 후를 그리고 햇빛 속을 마구 날아다니는 먼지를 그렸다…… 적막과 죽음의 기운으로 가득한 집이었다. 영원히 전혀 오염되지 않고 영원히 환한 웃음이 없는 집이었다.

학교에 들어간 뒤로는 조용하고 평안한 집안 분위기에 익숙해지다보니 말도 별로 하지 않아 아이들에게 친근하지 않은 인물로 취급받았다.

그 집에 사는 사람들은 말을 하지 않은 채 감정을 표현하는 방법을 알았다. 진정으로 뭔가 말해야 할 때가 되어서야 비로소 정확한 언어능력을 상실했다는 것을 깨달았다.

6

고양이가 죽던 그날, 며칠 동안 계속되던 음산한 비가 갑자기 멈췄다. 날씨는 대단히 덥고 청명했다. 지난 열흘 동안 비옷 차림으로 오토바이를 타고 회사와 병원 사이를 분주히 오갔던 정경은 꿈처럼 사라졌다. 비는 어렵사리 멈춘 듯했다. 고양이도 죽었다.

햇볕을 쬘 기회를 기다리지 못했다.

저녁 8시에 고양이는 이미 숨이 끊긴 터였다. 남자에게 전화를 걸어 함께 병원으로 왔다.

"차를 타고 싶어. 고양이는 몇만 달러짜리 차를 타보지도 못했잖아!"

남자는 고양이를 처음 보았다. 애석하게도 더 이상 사람들과 놀 수 없는 고양이였다.

차를 몰고 산 위로 올라갔다.

나는 고양이를 안고 남자는 나를 안았다. 풀밭은 시원하고 부드러웠다. 날씨는 약간 시원해진 것 같았다. 마침내 아프지 않게 된 거야? 고양이는 대답하지 않았다.

품 안의 고양이는 점점 차갑게 변했다. 딱딱해졌다. 시간이 1분 1초 지나면 마지막에는 하얀 돌덩이가 되는 걸까? 가슴이 무겁게 아파왔다.

"가게 해줘! 그렇게 안고 있으면 아쉬워서 못 간단 말이야."

남자의 볼이 내 머리칼을 가볍게 스쳤다. 열흘이나 감지 않은 터라 머리칼에서 고약한 냄새가 날 게 분명했다. 냄새에 질식해 쓰러지는 건 아닐까?

"이렇게 좋은 날씨에 죽었으니 고양이는 그리 외롭지 않겠지?"
숨을 깊이 들이마셨다. 눈물방울이 떨어졌다. 고양이의 복수가 가슴으로 떨어져 들어와 점점 팽창하는 것 같았다. 복수는 이미 눈언저리까지 차올라 점점 늘어나고 있었다. 조금 더 떨어지면 될 것 같았다.
그만두자. 울음이 나오지 않았다. 돌아가자!

"우리 이제 그만 만나요!"
파김치가 된 몸으로 푹신한 의자에 앉아 운전에 집중하고 있는 남자를 바라보며 말했다. 목소리가 너무 작았는지 남자가 듣지 못한 듯했다! 좀더 큰 소리로 말해보았다.
"우리 이제……"
말을 마치기도 전에 남자가 갑자기 브레이크를 밟는 바람에 몸 전체가 좌석에서 튀어올랐다가 내려앉았다.

"고양이가 죽어서 그러는 거야?"
남자가 내 손을 잡았다. 후가 먹이를 꽉 깨문 것 같았다. 몹시 아팠다!
"한 마리 다시 사줄게. 더 비싼 것도 사줄 수 있어.
열 마리를 키운대도 문제 될 것 없어."

고양이가 이 말을 들었다면 항의했겠지! 애당초 남자의 돈을 받지 않았다! 밀린 방세는 조금씩 스스로 다 갚았다. 게다가 열 마리를 키우려면 정원이 있고 골프장도 딸린 호화 별장을 사야 하지 않을까⋯⋯

차가 갑자기 도로 위에 멈춰 섰다. 뒤에 오던 차가 죽어라고 경적을 울려댔다. 듣기 안 좋은 말이 한마디 한마디 연이어 쏟아져 나왔다.

"가요! 고양이 한 마리 때문에 교통이 엉망이 되게 할 순 없잖아요!"

"그래! 고작 고양이 한 마리 죽었을 뿐인데 왜 앞으로 안 만나겠다는 거야? 정말로 말이 안 되잖아!"

일리 있는 말이네요! 고양이가 죽었기 때문이 아니라 적어도 자세히 따져봐야 할 확실한 이유가 생겼다는 거예요.

왜죠? 나는 항상 이렇게 물었다. 고양이는 책상 위에 엎드려 꼬리를 가볍게 흔들고 있었다. 말린 꼬리의 곡선이 너무나 아름다웠다. 녀석이 고개를 들어 나를 쳐다보았다. 맑은 눈동자 속에 어떤 답안도 쓰여 있지 않았다.

가자! 소용없는 일이야. 더 지체하다가는 경찰이 올 거야.

7

학교를 마치고 집에 돌아가면 후는 외삼촌의 작업대 위에 엎드려 문 앞으로 나를 맞으러 나오지도 않았다. 할머니는 아직 돌아오지 않았다.

날이 어두워진 뒤에야 할머니가 돌아왔다. 후는 야옹야옹 두 번울고는 여전히 작업대 위에 엎드려 있었다. 할머니가 가서 녀석을안았지만 녀석은 벗어나려 하지 않았다.
"후, 기다리지 마. 그 사람은 돌아오지 않을 거야."
할머니는 약간 울먹이는 듯한 목소리로 이렇게 말하고는 이내몸을 돌려 밥하러 부엌으로 들어갔다.

알고 보니 외삼촌이 돌아가신 것이었다. 점심때 진鎭에 물건을납품하러 가다가 땅에 떨어진 밀짚모자를 주우려던 차에 그만 트럭에 치인 것이었다.

할머니는 내내 울지 않았다. 나도 울지 않았다. 집 안에는 더더욱 냉기가 감돌았다. 집 안에 사는 사람들은 둘 다 울음을 이해하지 못했다.
며칠이 지나 갑자기 후가 아무것도 먹지 않기 시작했다.

그해에 나는 열두 살이었다. 후는 몇 살이었을까? 할머니도 잘기억하지 못했다. 후는 놀랄 만큼 빠른 속도로 지붕 위로, 담장 위

172

로 올라갔다. 그곳에서 이웃집 개가 미친 듯한 분노의 포효를 쏟아내는 모습을 즐겼다. 그러면서 마당에 있는 닭들을 놀라게 하는 것을 심심풀이로 삼았다. 매일 쥐를 세 마리씩 잡아 사체를 온전한 모습으로 벽에 걸어놓았다. 목에 이빨 자국과 혈흔만 남았다. 피를 먹을 뿐 아니라 뼈도 씹었다.

기분이 좋을 때는 내 품으로 달려들어 내 두 뺨에 코를 비벼댔다. 옷깃을 파고들어 간질이기도 했다. 애교가 넘치는 녀석이었다. 하지만 녀석은 항상 주인 행세를 했다. 사람들과 친해지지 않았고 누구도 녀석과 놀아주려 하지 않았다. 때로는 분명히 놀고 싶어하는 표정을 보이다가도 갑자기 얼굴을 바꿔 고개를 쳐들고는 달아나버렸다. 사람이 여전히 웃는 얼굴로 두 손으로 녀석을 안고 있는 듯한 자세를 취하고 있어도 그랬다.

일주일 내내 계속 부뚜막 근처 장작더미 옆에 숨어 있었다. 몸을 돌돌 말고 사람들의 접근을 거부했다. 할머니가 다가가는 것도 허락하지 않았다. 밤중에는 처량하게 울부짖다가 대낮이 되면 눈을 커다랗게 뜨고 입을 크게 벌리면서 헐떡거렸다.

강제로라도 녀석에게 뭔가를 먹게 하려다가 오른손이 물려 상처를 입었다. 녀석은 놀라서 분노의 눈빛으로 내 손바닥의 피를 바라보았다. 후는 피를 먹고 싶은 걸까? 그럼 어서 와서 먹으라고!

다음 날 저녁 무렵, 후는 다시 지붕 위로 올라가서는 척추를 꼿꼿이 폈다. 눈빛이 수정처럼 반짝였다. 그렇게 하늘을 향해 꼬리를 높이 치켜들더니 줄곧 야옹 야옹 울어댔다.

"후가 죽으려나보다."

할머니가 부엌칼을 손에 든 채 끊임없이 몸을 떨었다. 나는 그릇과 쟁반을 내려놓고 후다닥 마당으로 뛰어나갔다.

황금빛 빛줄기처럼 후가 꼿꼿한 자세로 지붕에서 뛰어내렸다. 너무나 빠른 속도의 추락이었다⋯⋯

퍽 하는 소리와 함께 후는 하늘을 향해 네 다리를 뻗었고, 땅바닥은 온통 녀석의 피로 물들었다.

할머니가 녀석의 입을 벌려보았다. 뼈 한 가닥이 녀석의 목구멍에 박혀 있었다. 과녁을 맞힌 화살 같았다.

후, 너무 아팠겠구나! 왜 이렇게 고집을 부린 거야?

그 뒤로 이어진 세월 속에서 할머니는 바람 빠진 풍선 같았다. 조금씩 조금씩 쪼그라들더니 이내 세상을 떠나고 말았다.

나는 텅 빈 집을 지키고 있었다. 그다음에 죽어야 할 사람은 나인 것 같았다! 그래 좋아! 나는 죽음이 두렵지 않았다. 내가 두려워하는 것은 적막이었다.

평소에는 얼굴 한번 보기 어려웠던 아버지가 트럭을 몰고 나를 집으로 데려가기 위해 찾아왔다.

나는 아직 죽지 않았다. 저녁놀 속에서 조용히 침묵하고 있는 집

의 윤곽이 조금씩 조금씩 부서지고 있었다. 부서져 날아가고 있었
다……

8

고양이의 사체를 병원 간호사에게 건넸다.

"유골이 필요하신가요?"

간호사는 이미 뻣뻣하게 굳은 고양이를 계속 어루만지고 있었
다. 극단적인 사랑의 마음을 갖고 있는 것 같았다!

나는 고개를 가로저었다.

"너무 번거로워요. 집에 가져가봤자 스물네 시간 계속 돌봐줄 사
람도 없고요!"

말하는 투가 정말 거칠고 형편없었다. 간호사의 얼굴이 퍼렇게
질렸다.

하지만 그렇게 활발하고 장난기 심하던 고양이가 한 무더기 유
골로 변했다. 어찌 됐든 받아들이기 어려운 일이었다!

불필요한 일이야. 고양이가 고개를 들고 말하는 것 같았다.

그랬다. 나는 너무 지쳐 있었다.

남자는 혼자 차를 몰고 집으로 돌아가면서 울겠지! 줄곧 감정이
철철 넘치던 남자였으니까. 나와 처음 섹스할 때도, 그는 울었다.

"어떻게 이처럼 젊을 수 있는 거지?"

걱정하지 마요. 젊은 건 젊은 거고, 조금 힘을 준다 해도 부서져 버리진 않을 테니까요.

나는 울 줄 아는 사람이 좋았다.

"앞으로 비행기를 보면 오빠가 생각날 것 같아요."

"부탁인데, 분명히 알아두라고. 내가 운영하는 회사는 여행사지 항공사가 아니야."

남자의 일그러진 얼굴이 갑자기 웃었다. 너무나 보기 좋았다. 원래는 아주 갑갑한 얼굴이었는데!

"자기는 정말 이상한 여자야."

남자는 결국 고개를 가로저으며 가버렸다. 빨간색 알파 로미오 자동차가 상심한 듯 언덕길을 기어 올라갔다. 나는 이상한 사람이었다. 하지만, 여자라서 말했다.

"저기요, 보세요, 빨간 알파씨! 꼭 불이 붙은 닭 같지 않나요?"

이처럼 저급한 우스갯소리는 그런대로 이유가 있었다. 자기 나이와 몸에 전혀 맞지 않은 자동차를 사는 이런 남자가 이상한 거 아닐까? 이상한 게 아니라 아예 멍청하다고 해야 맞는 말일 것이다.

하지만 앞으로는 나의 잡다한 헛소리들을 들어줄 남자가 없다. 혹시 너무 슬프진 않을까?

나는 온갖 잡다한 생각을 다 하면서 길을 걷고 있었다. 신호등이 빨간불일 때 건널목을 건너가보았다. 연달아 몇 차례나 시도했다. 전부 생각과 행동이 충돌한 결과였다. 차들은 아주 적었고 한동안은 서로 부딪칠 수도 없었다.

막 화재를 겪은 것 같은 집에 왔다. 현장을 정리할 시간적 여유가 없었다. 재난과 무척이나 어울리는 펍Pub이었다. 그런 참상은 나처럼 극도로 무료한 여자아이한테 안성맞춤이었다! 만취해서 사흘 동안 잠을 자도 상관없었다. 어차피 서둘러 집에 돌아가 고양이 먹이를 챙겨줄 필요도 없게 된 터였다!

문을 밀어 열고 들어가 살펴보니 이 시기에는 특수한 기호를 가진 사람이 정말 많았다.

"마르가리타."*

내가 한마디 툭 내뱉었다. 무대극에서는 누군가 마르가리타라고 말하면 영원한 이별을 뜻하지 않던가? 칵테일을 만들어주는 남자가 나를 향해 가벼운 미소를 보냈다. 이렇게 긴 말은 알아듣지 못하나보군! 상관없어. 어차피 너한테 물어본 거 아니니까.

마르가리타와 블러디 메리는 메리 집안의 꽃 같은 자매인 듯싶었다. 서로 요염함을 다투고 있었다. 남자들을 가장 쉽게 미혹해 쓰러뜨리는 미인이 되고 싶은 듯했다.

잔 테두리에 묻어 있는 소금이 내 입술을 자극했다. 상처가 은은하게 아파왔다. 어떻게 난 상처일까? 고양이가 할퀸 걸까? 아니면 남자의 멍청한 키스가 낸 걸까? 전부 틀렸다. 고양이가 고통스러워하면서 떠나가는 모습을 바라보다가 스스로 입술을 깨물어 난 상

---

* 데킬라와 화이트뮤라소를 주 재료로 한 칵테일로 1949년에 개최된 전미 칵테일 콘테스트 입선작이다. 존 듀레서가 불행하게 죽은 연인 '마르가리타'의 이름을 붙여 출품함으로써 명명되었다. 칵테일 글라스에 레몬이나 라임으로 가장자리를 적신 후 소금을 묻혀 스노 스타일로 장식하는 것이 특징이다.

처였다. 나는 너무나 허약했다!

"자고 싶어? 부드럽고 편안한 침대잖아! 게다가 잘생긴 남자가
바람을 잡으면서 마사지를 해주고 있잖아! 눈만 감으면 되는 거
야!"
　나는 내가 말하는 소리를 들었다. 언니 마르가리타는 대단했다.
딱 한 잔이었는데 노곤해지고 말았다.
　자자! 누가 아침 6시 50분에 코를 비벼 나를 깨워주고 아침을 먹
으라고 닦달해줄 것인가? 될 대로 되라지.

9

　눈을 떠보니 정말로 크고 푹신푹신한 침대 위에 누워 있었다. 방
크기도 내 방과 거의 같았다. 나는 내가 완전한 알몸으로 눈처럼
흰 이불 속에 들어가 있다는 것을 알게 되었다. 땋은 머리는 흐트
러져 있었다. 한숨을 내쉬고 다시 눈을 감아버렸다.
　이번에는 나쁘지 않았다. 다른 사람의 집에서 잠을 깬 것이었다.

　재빨리 침대에서 일어나 옷을 챙겨 입고 마지못해 그 남자에게
미안하지만 먼저 가겠다고 한마디 던지면서 내가 와 있는 곳이 어
디냐고 묻는 등 이런저런 말로 둘러대고 서둘러 집에 돌아오면 그
만일 것 같았다!
　용기를 내 침대에서 내려왔다. 뜻밖에도 집에는 사람이 하나도

없었다.

사방을 둘러보니 온통 눈처럼 흰빛이었다. 아주 익숙한 냄새가 났다. 나는 천천히 사방을 둘러보면서 옷을 어디에 두었는지 찾아보고 싶었다.

쫘당 하고 거대한 굉음이 들렸다. 내 기억 전체가 폭발하는 것 같았다. 침대 맡의 그 눈처럼 흰 벽에 대형 흑백 사진이 한 장 걸려 있었다. 어머나, 내 얼굴이었다.

더 자자! 더 자면 어떤 꿈속으로 빠져들어갈지 알 수 없었다.

갑자기 문이 열리면서 흰 고양이 한 마리가 뛰어 들어와서는 죽어라고 내 종아리에 볼을 비벼댔다.

"야옹!"

나는 큰 소리로 외쳤다. 내 고양이가 아니잖아. 아니, 내 고양이였다! 아니, 뭐라고 말을 해야 하지? 아바오라는 이름의 샴고양이였다!

이어서 검은 고양이와 얼룩무늬 고양이가 뛰어 들어와서는 나를 에워싸고 야옹야옹 울어댔다. 나는 그녀가 들어왔다는 것을 알았다······ 감히 고개를 들 수 없었다. 꿈이겠지! 힘껏 내 손등을 깨물어보았다. 아야! 너무나 아팠다!

"쉐를, 정말 오랜만이야."

고개를 들 필요도 없이 그녀가 누구인지 알았다.

아마오阿貓였다.

10

"멀쩡한 대학을 왜 안 다니겠다는 거야?"

서로 막 알게 되었을 때 남자는 걸핏하면 이렇게 물었다.

"너무 좋은 대학인데 말이야!"

정확히 말하자면 학교 각 분야의 사람과 사물이 전부 훌륭하다는 것을 나 스스로도 인정했다. 하지만 나 같은 사람에게는 적합하지 않은 것 같았다.

내게는 대학에서 가장 좋은 일이 아마오를 알게 된 것이었다.

대학 전공은 미술학과였다. 돈이 많은 아빠는 자신이 낳은 딸이 상당한 '예술적 재능'을 가졌다는 것을 자랑스레 여겼다. 따라서 내가 대학에 들어간 뒤로 아주 유명한 화랑에 투자했다. 나를 대대적으로 띄우려는 계획이었다..

사실 아빠는 내가 천부적인 재능을 가진 것이 아니라 그저 그림 그리는 걸 좋아하는 여자아이라는 사실을 알지 못했다.

대학 2학년 2학기 때 뜻밖에도 도서관 뒤에 아주 예쁜 샴고양이 한 마리가 있는 것을 발견했다. 매우 오만하고 냉담한 고양이였다. 사람이 가까이 다가가면 연기처럼 어디론가 달아나버렸다.

나는 저녁 무렵이면 늘 녀석을 기다렸다. 연달아 며칠간 녀석은 도망가지 않았다. 그저 멀리서 나를 바라볼 뿐이었다. 아주 오래 가까이 오지도 않고 멀리 도망가지도 않았다.

우리 거리는 점점 좁혀졌다. 2미터 정도의 거리를 유지하고 있었다. 나는 풀밭에 앉아 있고 녀석도 앉아 있었다. 자세가 나보다 훨씬 더 우아했다. 내가 녀석에게 뭐라고 말하면 녀석은 조용히 나를 응시했다. 나는 병이 난 할머니가 어떻게 의사의 치료를 거부하고 고집스레 당신이 직접 만든 약초를 복용했는지를 말했다. 외삼촌과 후 사이의 미묘한 감정에 관해서도 얘기했다. 항상 화실에 가득 차 있고 떠나지 않는 죽음의 어두운 그림자에 관해서도 얘기했다…… 어려서부터 나는 고양이의 따스하고 신비로운 눈과 마주할 때에만 말이 많아졌다.

그때, 나는 이집트 사람들이 고양이신을 숭배한다는 얘기를 하고 있었다. 당시에 이집트는 고양이들의 천국이었다……

"아바오는 아주 예뻐!"

뒤에서 들려오는 목소리에 깜짝 놀라고 말았다. 고양이는 아주 빠른 속도로 내 앞을 지나갔다. 고개를 돌려보니 거대한 사람 그림자 하나가 나를 향해 다가오고 있었다.

그 사람은 고양이를 안고 있었다. 머리는 온통 지저분한 장발이었고 후리후리한 몸은 검은 상의와 검은 바지 속에 감춰져 있었지만 수척한 모습이 뚜렷했다. 깊이 푹 패인 눈은 고양이 눈처럼 반짝였다. 눈을 반쯤 뜨고 사람을 쳐다볼 때의 고양이 눈 같았다…… 내게 말로 형용할 수 없는 이질감을 주었다……

"미안합니다. 댁의 고양인 줄 몰랐어요."

"다 들었어요. 이집트 이야기 말이에요. 아바오가 아주 좋아하네요!

아바오가 좋아하는 여자는 틀림없이 나를 좋아할 거예요."

어떻게 이런 말을 할 수 있지? 나는 불안한 마음으로 고개를 숙였다. 땅 위의 풀들이 내 발에 마구 유린되었다.

그가 손을 내밀어 내 턱을 받쳤다. 진짜 미친 사람이었다! 나는 그의 얼굴을 주시했다. 그제야 이 사람이 여자라는 것을 알게 되었다.

"가서 고양이를 보여줄게요. 집 안 가득 고양이가 있거든요!"

그녀가 내 손을 잡아끌었다. 나는 생각할 겨를도 없이 억지로 그녀를 따라갔다. 마음속으로 더없이 놀라고 당혹해했다. 그저 남자같이 생긴 여자일 뿐이었다. 수많은 고양이를 키우고 있을 뿐이었다. 그런데 왜 이렇게 당혹스러운 것일까?

"나는 아마오라고 해. 너는?"

아주 낮은 목소리가 내 귓가를 파고들었다. 정말 혼란스러운 상황이었다! 외모도 그렇고 꾸밈새도 그렇고 행동거지도 그렇고 심지어 목소리까지 완전히 남자였다. 하지만 분명한 느낌은 그녀가 여자라는 것이었다. 여자만이 전달할 수 있는 그런 느낌이 있었다. 가늘고 세밀한 감정이 바늘처럼 내 피부를 찔러대고 있었다…… 틀림없었다. 여자였다.

나는 줄곧 아무 말도 하지 않았다.

11

매일 여덟 시간씩 좁은 광고회사 사무실에 있어야 했다. 바닥이 온통 빈 병과 캔, 물감, 페인트 천지인 데다 남자들의 선정적인 우스갯소리가 끊이질 않았다. 시효가 지나 내려진 간판은 시체처럼 한 조각 한 조각 해체되었다. 어떤 대스타든 구별 없이 전부 머리와 사지가 분리되고 벽 한쪽 구석에 버려져 먼지를 뒤집어쓰고 있었다. 새로운 영화 간판을 그리는 데 재사용되거나 그냥 쓰레기차에 실려갈 운명이었다.

나는 이 비좁고 어지러운 곳에 틀어박혀 포스터를 참조해 일필일획 아무런 감정도 없이 눈을 이삼십 배로 확대해 모사하는 일에 심취해 있었다. 무척이나 안심되는 환경이었다. 더 이상 예술 문제를 걱정할 필요가 없었고 내 그림의 가치를 따지는 사람도 없었다. 알고 싶지 않은 비밀을 캐내려고 덤비는 사람은 더더욱 없었다…… 무언가를 위해 그림을 그리는 것도 아니고 무언가를 위해 사는 삶도 아니었다. 정말 좋았다.

일이 내 정력을 대량으로 소모했다. 피로가 감당할 수 없을 정도로 쌓여 항상 침대 위에 누워 생각했다. 이번에는 누군가 상처를 입지 않았겠지! 나 자신을 괴롭힐 힘도 없었다.

미완성의 유화가 조용히 벽에 기대어 세워져 있다. 그림 속의 아이는 항상 입이 없었다. 적막한 집과 핏자국이 묻어 있는 정원, 부드럽고 조용한 혼귀가 발을 밟으면서 죽어라고 바닥에 떨어진 밀짚모자를 줍고 있었다…… 적막이 죽음처럼 영원히 둘러싸고 있었다. 언제쯤이면 마음속 생각들을 정확히 말하는 법을 배울 수 있을까? 언제쯤이면 지나친 두려움으로 남에게 상처를 주지 않을 수 있을까?

고양이가 가볍게 창틀 위로 올라가 유리창에 얼굴을 비볐다. 불안한 표정으로 종긋 세운 귀를 흔들어대고 있었다. 무슨 소리를 들은 것일까? 빗소리일까 아니면 마음속 눈물일까? 나는 누구를 위해 이렇게 끝없이 울고 있는 것일까?

12

말없이 일련의 오래된 건물들 앞으로 갔다. 작은 마당이 딸린 극도로 전아한 일본식 단층 건물이었다. 아마오는 이처럼 불가사의한 곳에 살고 있었다. 돈 많은 집 아이인가?

신발을 벗고 평지보다 50센티미터 정도 높은 통로로 올라섰다. 바닥에는 매끄럽고 윤이 나는 나무판이 구부러져 교차하며 여러 칸으로 나뉘어 있었다. 확실히 고양이를 키우기에 좋은 환경이었다.

먼저 현관에서 검은 고양이를 보았다.

"헤이黑야. 일 년 전에 아바오와 함께 돌아왔지."

침실 장지문을 밀어 열자 얼룩무늬 고양이가 뛰어나왔다.

"화즈花子야, 무연고 고양이인데 내 집을 찾아와서는 갈 생각을 안 하네."

그녀가 손을 뻗어 등을 켰다. 방 안이 갑자기 환해졌다. 사방의

정경을 둘러본 나는 멍한 표정으로 온몸이 굳어버렸다······

　정말로 집 안 가득 고양이였다.

　벽에는 그림들이 줄줄이 걸려 있었다. 스케치도 있고 수채화도
있고 유화도 있고 판화도 있었다. 그림 속의 고양이와 오래된 집
······ 나는 나 자신도 모르게 가까이 다가서서 손을 뻗어 캔버스 위
의 졸렬한 사인을 어루만져보았다. 뜻밖에도 내 그림이었다.

　나는 나 자신조차 잊고 있던 그림 앞에 멍하니 서 있었다. 어떻
게 이럴 수 있는 걸까? 나는 내 그림을 남겨두지 않았다. 그냥 그리
고만 싶었기에 그림이 완성되면 그것으로 끝이었다. 내가 그림 그
리는 과정에 심취하는 것은 기억 속으로 빠져드는 것과 비슷했다.
홀로 나 자신이 이해하는 어휘들을 곱씹는 것이다. 나는 항상 누군
가가 내 그림을 원했던 것을 기억했다. 좋아요! 드릴게요. 혼귀로
가득한 그림에 관심을 가질 사람은 또 없을 테니까요. 나는 학처鶴
妻*처럼 나 자신의 깃털로 옷감을 짰다. 옷 한 점을 완성하기 위해
서가 아니라 자유로운 비상을 위해서였다······

　"설마, 네가 바로 쉐였어?"

---

　* 일본에 널리 유전되는 이야기로 아름다운 학 한 마리가 화살을 맞고 인간세계로
떨어져 소녀로 변신하여 자신을 구해준 농부에게 시집가서 정성껏 집안일을 돌본
다는 내용이다. 이 학처는 자신의 깃털과 피로 진귀한 천우금千羽錦이라는 옷감을
만들었지만 탐욕스런 이웃들은 남편을 꾀어 그녀에게 계속 옷감을 만들게 함으로
써 이를 경성에 가져가 팔았다. 결국 아름다운 삶에 대한 환상이 깨진 학처는 원래
의 모습을 회복해 하늘로 날아가버린다.

나는 눈물의 냄새를 맡았다. 내가 울고 있는 것일까? 눈앞의 아
마오를 바라보았다. 내 몸 안에서 걸어나온 것처럼 익숙했다. 그녀
의 아름다운 눈에서 눈물이 줄줄 흘러내리고 있었다. 왜 이러는 거
야?

나는 그녀의 손을 잡고 가볍게 내 볼에 가져다 댔다. 무척이나
따스한 손이었다! 이렇게 따스한 온기는 아주 오랫동안 느껴보지
못했다. 너는 천사인 거니?

아마오가 내게 입을 맞췄다. 눈 조각 같은 입맞춤이 내 머리칼과
눈썹, 눈, 코, 입 위로 떨어져 내렸다. 가볍고 부드러운 손가락 끝이
새의 깃털처럼 내 피부 마디마디를 미끄러져 지나갔다. 아무것도
걸치지 않은 내 알몸이 물에 젖은 새끼고양이처럼 그녀의 입맞춤
과 애무 아래 멈추지 않고 떨렸다…… 꿈을 꾸고 있는 걸까? 나는
눈을 감고 두 다리를 벌렸다. 그러고는 마음껏 소리를 질러댔다.

13

"왜 고양이를 좋아하는 거야?"

내가 갖지 못한 재능이 부럽기 때문이겠지! 예컨대 혀로 얼굴을
씻고 털을 빗을 수 있으니까. 사뿐사뿐 뛰어다닐 수 있고 데굴데굴
구를 수도 있어. 빛을 따라 변화무쌍한 눈빛을 보일 수도 있지. 쥐
를 잡는 기술도 뛰어나고…… 농담이야, 도저히 따라할 수 없어서

그러는 거야!

고양이의 부러워하는 자신감과 자기만족, 오만함, 좀처럼 타협할 줄 모르는 근성이 부러웠던 거야. 많은 사람이 내가 꼭 고양이같다고 말하지만 사실은 틀렸어. 그렇게 될 수 없기 때문에 부러워하는 거라고. 어려서부터 감정을 표현할 줄 몰랐기 때문에 그림 속에 깊이 빠져 스스로를 위안하는 수밖에 없었어. 남들과 함께 어울리는 것이 두려워서 감히 그러지 못했지. 그리고 그 결과 아주 오만하며 스스로를 대단한 인물이라고 생각하는 사람, 가까이하기 어려운 사람으로 여겨진 거야.

사실 누군가 고양이처럼 부드럽고 따스하고 조용한 눈빛으로 나를 바라봐줄 수 있다면 조잘조잘 쉬지 않고 떠들어댈 수 있을 거라고!

이어서 아마오를 만났다. 그녀는 내 그림을 이해했고 입 밖에 내지 못한 내 감정을 이해했다. 왜 내가 아직도 남에게 상처를 주는 것인지를 이해했다.

14

나는 그 고양이털이 날리는 집으로 입주해 들어갔다. 정원을 마주보고 있는, 채광이 훌륭한 방이 내 화실이 되었다.

아마오는 프랑스어를 공부했다. 고양이 말고는 가장 좋아하는 것이 사진 촬영이었다.

"틀렸어. 첫째는 눈이고 그다음이 고양이야. 그다음이 촬영이지."

그녀는 카메라를 들고 색을 만들고 있는 나를 조준했다. 하루 종일 나를 찍으려 했다. 이미 여러 차례 찍어서 질렸을 텐데! 나는 몹시 긴장했다. 생김새가 이렇게 평범한 여자아이를 그렇게 찍어대는 이유가 뭐란 말인가? 차라리 아바오를 찍는 게 더 나을 듯싶었다. 적어도 녀석은 나보다 두 배는 더 아름다우니까.

"너는 정말 바보 같은 여자야. 네 아름다움은 스스로의 아름다움을 모른다는 데 있다고. 너는 한 번도 자신이 얼마나 훌륭한지 안 적이 없지? 하지만 세상에는 나 같은 남자만이 너를 완전히 이해하고 감상할 수 있어."

그녀는 정말로 자신을 남자로 여겼고 나도 스스로에게 그녀가 남자라고 애써 말했다. 하지만 내가 완전한 알몸으로 그녀의 애무 속에서 신음을 토하며 몸을 뒤척일 때면 그녀의 옷을 벗길 용기가 없었다. 그녀 자신도 감히 그러지 못했다. 외모가 얼마나 남자 같든 간에 옷을 벗으면 그녀는 나와 같을 뿐이라는 것을, 같은 여자라는 것을 둘 다 잘 알고 있었다.

여자면 또 어떻단 말인가? 나는 나 자신을 잘 이해하지 못했다. 내 주변에 왔다 갔다 하는 남자들 가운데 어느 누구도 내 마음을 움직이지 못했다. 어쩌다 호감을 드러내는 편지를 건네거나 밖에서 만나자는 약속을 해오는 남자들이 있지만 그럴 때마다 나는 몹시 긴장해 도망치곤 했다. 후와 외할머니, 외삼촌을 제외하면 아마오가 유일하게 내 마음속으로 들어온 사람이었다. 하지만 나는 항상 두려웠다. 아마오의 뜨겁게 불타는 욕정과 사랑, 모호한 성별을 대할 때마다 나는 아예 손을 쓸 수가 없었다. 심지어 그녀에 대해 싹트고 있는 뜨거운 사랑과 성욕을 제대로 처리하지도 못했다. 그저 몹시 부끄럽다는 생각뿐이었다……

15

"우리 서로 잘 어울리는 것 같지!"

길가의 쇼윈도를 지날 때 아마오가 나를 잡아끌어 유리창에 비친 모습을 보여주었다. 유리가 우리 모습을 반사했다. 평범한 연인 같았다. 같은 모양과 색깔의 셔츠와 청바지 차림이었다. 그녀 옆에 서 있는 나는 유난히 작고 귀여워 보였다. 그녀는 일용품이 가득 든 손가방을 들고 있었다. 나는 아바오를 안고 있었다. 다른 사람들이 보면 무척이나 부러워할 것 같았다!

낯선 곳, 낯선 사람들 사이였다. 집에서는 우리와 고양이뿐이었다. 이 시기에 나는 아주 짧은 행복을 누리고 있었다. 거품처럼 진실하지 않은 행복이었다.

교정에서는 그녀가 잘 아는 혹은 잘 모르는 친구들을 만났다. 그녀는 놀라울 정도로 친구가 많았다. 그 복잡한 눈길이 나를 긴장하게 만들었다. 다른 사람들은 그녀를 어떻게 대할까? 정확히 알 순 없었다. 하지만 어렴풋이 노출되는 조롱과 멸시의 눈빛은 내게 적잖은 상처를 주었다. 나는 남들의 시선에 익숙하지 못했다. 특히 내가 나 스스로를 의심할 때는 더 그랬다.

어느 날 수업이 끝나고 신바람이 나 도서관에서 빌린 고양이 신화에 관한 책을 황급히 아마오에게 보여주었다.

그녀는 침대에 누워 이리저리 책장을 넘기면서 끊임없이 신음을 냈다. 온몸이 땀에 젖어 있었다. 놀란 나는 그 자리에 멍하니 서 있었다.

"왜 그래? 어디가 아픈 거야?"

나는 폐물처럼 한쪽에 서 있었다. 지금까지 줄곧 그녀가 나를 보살펴주었기 때문에 내게는 임기응변의 능력이 전혀 없었다.

"망할 놈의 월경, 쳐 죽일 놈의 월경 같으니라고.

쉐, 가서 진통제 좀 사다줄래?"

나는 그녀를 바라보고 있었다. 말을 마친 그녀는 뜻밖에도 얼굴이 붉어져 있었다. 내 마음이 갑자기 차갑게 식었다. 아마오, 우리가 왜 이렇게 된 거지? 그녀는 여자라 월경이 오는 것이 당연했다. 월경이 오면 나처럼 몸이 아팠다. 이건 분명한 사실이었다! 이게 아주 창피한 일인가?

여자인 게 잘못이란 말인가? 왜 우리는 여자임을 인정하는 일이 그렇게 부끄러운 것일까? 서로를 사랑하는 두 여자라는 사실을 인정하는 것이 왜 그리 부끄러운 일이란 말인가?

그날 밤, 우리는 푹신푹신하고 커다란 침대에 누워 말없이 서로를 마주하고 있었다. 질식할 듯한 침묵에 의지해 드러나지 않게 더할 수 없이 연약했던 감정을 손상시키고 있었다.

16

"날 왜 좋아하는 거야?"

나는 이렇게 물으면서 커피 잔을 비웠다. 아바오가 야옹 하는 소리와 함께 내 무릎 위로 뛰어 올라와서는 새까만 꼬리를 흔들며 나를 쳐다보았다.

또 혼자 중얼거리듯이 말했다. 어째서 아마오가 있을 때는 말이 나오지 않는 걸까?

"처음 네 그림을 보았을 때, 누군가에게 영혼을 빼앗긴 것처럼 그림 속 세계로 깊이 침잠해들어갔지. 그렇게 무거운 적막과 절망적인 눈빛 속으로 빠져들어갔어. 진한 감정이 굳게 닫힌 입안에 속박되어 있었어. 왜 그렇게 근심하고 슬퍼하는 것일까? 나는 알아. 완전히 알고 있지. 적당한 출구를 찾지 못했기 때문이야.

그림을 그린 사람이 쉐라고 하더군. 쉐, 나는 한 번 또 한 번 반복해서 이름을 불러봤어. 네 그림에 푹 빠져서 헤어나올 수가 없었어.

이리저리 수많은 사람을 뚫고서 하나하나 네가 남겨두지 않는 그림들을 모았어. 나는 우리 생명에 서로 통하는 부분이 있다는 걸 분명히 알았지. 내가 쉬지 않고 널 부르기만 하면 너는 항상 내 앞에 나타났어."

아마오가 나의 야윈 복사뼈를 어루만지며 고개를 숙이고는 내 발바닥을 가볍게 빨았다. 여기가 출구일까? 나는 그녀의 붉어진 뺨

을 응시했다. 눈을 살짝 감았다. 정신을 집중한 아이 같았다. 아마
오, 산다는 건 참 힘든 것 같아! 어째서 말을 안 하는 거야?

그녀는 줄곧 내게 주기만 했다. 내게 따스함을 주었고 나를 사랑
하고 감상하고 애지중지했다. 한 번도 입을 열어 뭔가를 요구하지
않았다. 반면에 나는 연약하고 이기적인 사람이라 그녀가 남자인
가 여자인가 하는 문제로 고민하면서 그녀가 내어주는 모든 정성
과 배려를 탐욕스럽게 즐기기만 했다. 나는 아무것도 지불하지 않
았다. 어떤 것도 지불할 수 없었다.

깨어나서는 도망치고만 싶었다. 나 자신이 그녀를 사랑한다는
것을 실감할수록 더 도망치고 싶었다.

17

내 운일 것이다! 외할머니와 아빠는 둘 다 고집스럽고 성격이 급
했다.

어릴 때는 왼손으로 음식을 먹고 글씨를 쓴다는 이유로 외할머
니에게 얼마나 맞았는지 모른다. 시골에서는 왼손잡이가 몹시 불
길한 것이었다. 게다가 나는 명예롭지 못한 '사생아'가 아니던가?

나중에 외삼촌 얘기를 들으니 아빠가 여러 차례 나를 데려가려
했지만 외할머니가 빗자루를 들고 휘두르며 쫓아버렸고 사람을 시
켜 돈을 보내왔지만 그것도 전부 손대지 않고 그대로 돌려보냈다
고 한다. 할머니는 이를 악물고 무너진 집안과 온갖 고난을 다 겪
은 자신의 존엄을 지키면서 남에게 어떤 도움도 받지 않으려 했다.

할머니의 엄격한 가르침 아래 나는 울지 않는 법을 배웠다. 아무리 큰 고통에도 울지 않았고 울고 싶을 때면 버티면서 눈물만큼은 흘리지 않았다.

할머니가 돌아가시고 나서 아빠가 나를 데리러 왔다. 눈앞의 낯선 사람을 바라보니 틀리지 않았다. 아빠였다. 내 눈은 아빠 눈과 똑같았다.

그 크고 호화스러운 집에서 나는 왕비가 된 신데렐라처럼 불가사의할 정도로 부유한 생활을 시작했다. 아빠는 양심의 가책 같은 것 때문에 날 몇 배로 사랑해주었다. 아빠의 아내는 딸이 없는 것을 유감으로 여긴 터라 나를 더없이 예뻐해주었다…… 내 몸에서는 어떤 고난의 흔적도 찾아볼 수 없었다.

하지만 나는 누구를 따라야 할지 알지 못했다. 적막과 조용함, 가난의 세월에 익숙해져 있던 나는 침묵으로 감정을 표현하는 데 길들여져 있었다. 호수의 물결처럼 밀려오는 손님들과 소란함, 담소, 음악, 텔레비전, 각양각색의 소리로 인해 나는 적막보다 더 무서운 것들이 나를 에워싸고 있다고 느꼈다. 수많은 삼촌과 아저씨, 아줌마들 사이에서 나는 마치 강에서 물가로 기어 올라온 물고기처럼 입과 혀가 말라버렸다. 아무것도 할 수 없었다……

한 번 또 한 번 손님들 앞에서 아빠를 실망시켰고 아빠는 화가 나서 손을 들어 내 뺨을 때렸다.

"아빠라고 부르는 게 싫으면 아저씨라고 한번 불러주는 것도 안 되는 거냐?

사람들이 이렇게 말한단 말이야. 이 천陳 아무개가 딸을 어떻게 가르친 거야? 벙어리 같잖아!

말을 못하면 울기라도 해보란 말이다!"

짝, 또 한 차례 매서운 손바닥이 날아왔고 나는 바닥에 쓰러지면서 이마를 부딪혀 피가 났다! 나는 울지 않았다. 후가 몹시 그리웠다!

"울 리가 없어. 그렇지? 네가 울지도 못하고 소리도 지르지 못한다는 걸 못 믿겠어!"

아빠는 거의 미친 사람처럼 나를 때리고 욕했다. 새엄마도 옆에서 울고 소리를 질렀다. 온 가족이 한데 모여 난장판을 이루었다……

할머니, 후, 외삼촌에 이어 쉐도 곧 죽어야겠지! 왜 나만 혼자 남겨놓고 다 가버리는 걸까? 너무나 외로웠다! 쉐는 착하지 않아 걸핏하면 아빠를 화나게 했다. 쉐는 울고 싶었다. 줄곧 울고 싶어했다. 눈물이 마음속으로 흘렀기 때문에 아빠 눈에는 보이지 않았다.

그날 밤, 아빠는 내게 약을 발라주었다. 내가 입술을 깨물어 터진 것을 보고는 아빠도 울었다.

"왜 이렇게 고집이 센 거야? 아프다고 소리 지르면 때리지 않았을 것 아니야!

아빠가 나빴어. 아빠가 잘못했어. 미친놈처럼 널 때리지 말았어야 했어……"

얼마 후 나는 아빠를 아빠라 부르고 새엄마를 엄마라 부르게 되었다. 뭔가 물어보면 웃으면서 대답하기도 하고 종종 무료한 우스갯소리를 해서 아빠의 비위를 맞추기도 했다. 진정으로 중요한 것들을 마음속에 감추는 법을 배우자 별일 없이 세월이 흘러갔다.

나는 아주 쉽게 타협하는 사람이라고 말하지 않았던가. 믿어주길 바란다!

18

"개인전을 열어줄게!"

아빠가 뜬금없이 말했다.

"그렇게 결정하도록 하자! 어차피 우리 화랑인 데다 기자들도 잘 아니까 텔레비전 방송국 사람들도 손짓만 하면 와서 인터뷰해주지 않겠어?"

아빠는 이렇게 말하면서 모든 것이 다 준비되었다는 뜻을 밝혔다. 내게 통보만 하면 되는 것이었다. 아아, 내가 그림을 몇 점이나 그려놓았는지도 모르면서 날짜를 정해버린 것이다. 정말 비바람을 부르는 것처럼 모든 것을 지배할 수 있는 사람 같았다!

나는 그저 그림 그리는 걸 좋아할 뿐이지 이름을 날리고 싶지는 않다고 말했다. 게다가 특별히 재능이 있는 것도 아니라서 전시회는 별로 좋을 게 없다고 말했다.

반항은 아무 소용 없었다.

"상관없어. 이렇게 훌륭한 그림을 너 혼자만 본다는 것은 너무 아까운 일이야. 생일파티라고 생각하면 돼. 케이크를 먹고 나면 사람들은 다 가버릴 테니까 그렇게 두려워할 것 없어!"

아마오도 찬성했으니 무슨 말을 더 하겠는가?

전시회는 아주 성대하게 시작되었다. 칵테일과 화환이 준비된 가운데 셀 수 없이 많은 유명 인사와 기자, 텔레비전 방송국 사람들이 모여들었다. 평론가들도 사전에 미리 적당한 대사를 준비해 온 듯했다. 스물한 살밖에 안 된 어린 여자아이가 이런 행사를 한다는 것은 아빠가 돈이 아주 많고 사회적 영향력이 있어야만 가능한 일이었다. 그랬다. 아빠는 힘껏 발을 굴렀다. 주식 시세가 오르락내리락하지 않을까?

내 그림이 형편없다는 생각이 들진 않았다. 다만 포스터에 쓰인 카피가 정말로 얼굴을 화끈거리게 만들었다! 휴지나 샴푸를 팔듯이 나를 파는 것 같았다. 속이 너무 훤히 들여다보이는 문구였다. 모든 사람이 선물을 받은 것은 아니었다. 게다가 권력을 두려워하지 않는 정의로운 인사들도 있지 않을까? 틀림없이 차마 눈 뜨고 보지 못하겠다고 생각하는 사람도 있었을 것이다.

점점 예술적 양심에 근거해 이런 황당하고 부조리한 상업적 선전을 비판하는 사람들이 나타나기 시작했다. 그러자 원래 나를 과찬하던 이들은 기분이 좋을 리 없었다. 두 진영의 논전이 다반사로 이어지더니 예술과 상업의 싸움으로 비화했다. 탐욕의 섬, 문화 살롱 같은 사회적 문제들이 또 한 차례 심각한 어투로 호소하기 시작했다. 정치적 분위기의 파괴마저 생각하게 되었다.

이런 일로 주식시장이 붕괴되진 않겠지!

나는 그저 이용당하고 있을 뿐이었다.

나는 아마오의 방에 틀어박혀 신문도 보지 않았다. 학교에서는 온갖 소문이 들리기 시작했다. 친구도 없고 얼굴도 평범한 여자 아이가 신문과 텔레비전에 자주 나오자 점차 모르는 사람이 없어 졌다!

다행히 사인을 해달라고 쫓아다니는 사람은 없었다.

그림을 잘 못 그린다는 사실은 나 스스로도 일찌감치 인정했던 바다. 하지만 돈이 많은 아빠가 억지로 전시회를 연 것이다. 게다 가 조심하지 않아 신문에까지 났으니 이거야말로 명예를 얻기 위 해 수단을 가리지 않은 저열한 행위가 아닐 수 없었다!

됐다. 사람들이 황산을 뿌리거나 계란을 던지지만 않으면 그만 이었다. 저질스런 방법으로 명예를 탐한다고 몇 마디 욕하거나 명 실상부하지 못하게 아빠의 돈에 의지해 유명 인사가 되려 한다는 등의 비난이라면 최악의 상황은 아닌 셈이었다.

하지만 일이 그렇게 간단하지만은 않았다.

아마오가 미친 듯이 화를 내며 나를 억지로 화랑으로 끌고 가서 는 벽에 걸린 그림들을 한 점 한 점 내리기 시작했다. 아무도 그녀 를 저지하지 못했다.

눈이 날카로운 기자들이 벌떼처럼 우리에게로 몰려들었다. 우리는 반공反共열사라도 된 것처럼 두 손을 높이 들어 승리의 브이자를 만들어 보였다. 여기저기서 쉬지 않고 플래시가 터졌다……

"죄송합니다. 사전에 알릴 수가 없었어요."

나는 혼잣말을 중얼거렸다. 궁지에 몰린 정부 관리 같았다!

누군가 그림을 내리고 있는 아마오에게 다가갔다.

"실례합니다만 왜 난데없이 그림을 내리시는 건가요? 천쉐陳雪와는 어떤 관계인가요?"

"Fuck you, 피도 안 묻히고 사람을 죽이는 놈들 같으니라고!"

아마오가 그 사람에게 큰소리로 호통을 쳤다. 손을 들어 그를 밀치기까지 했다.

아빠가 왔다. 나는 이제 끝이라는 것을 알았다.

이어서 어떤 일이 벌어졌을까? 화를 잘 내는 아빠의 성격을 봐서는 어떤 일이 벌어질지 충분히 알 수 있었다. 화가 난 아빠는 많은 사람 앞에서 나를 때렸고, 이어서 더 무서운 일이 일어났다.

아마오는 죽어라고 나를 보호하려 발버둥 쳤다. 몹시 어수선한 상황이었다. 그런 상황에서 그녀가 여자라는 사실이 밝혀지는 건 어렵지 않은 일이었다!

"남자도 아니고 여자도 아닌 사람이 왜 이렇게 질척대는 거야?"

그녀가 밀쳤던 기자는 어디서 소식을 들은 건지 알 수 없었다.

"지금 뭐라고 했어요?"

아빠가 앞으로 나서며 큰소리로 호통쳤다. 불쌍한 아빠는 과거에 아마오에게 젊은 사람이 참 앞길이 밝다고 칭찬한 적이 있었다. 넘어져 안경이 깨졌다!

예술과 상업의 문제에서 동성애 문제로 넘어갔다. 기자는 기사를 쓸 수 있는 더 많은 화제를 얻었을 것이다! 우리에게 에이즈 검사를 강요하게 될지도 모를 일이었다.

황당하고 부조리한 소란이 벌어지고 있었다. 나는 내 상처의 딱지가 벌어지는 것을 느꼈다. 연약한 상처에서 피가 흐르기 시작했다…… 더 이상 형체를 감출 수 없었다.

19

사람의 말이 무서운 걸까? 하지만 진정으로 내게 위해를 입힌 것은 나 자신의 연약함과 무지였다!

갖가지 소문과 난처함에 맞닥뜨려 아마오는 시종 내 손을 꼭 잡고 있었다. 내 앞에서는 강인하고 용감하게 자신의 애인을 지켰다.

하지만 나는 딱딱한 껍질이 벗겨진 새우가 공기 중에 적나라하게 노출되어 있는 것 같았다. 어떤 가벼운 상해도 나를 무너뜨릴 수 있었다.

나는 그녀에게서 도망치기로 했다. 당시 내 머릿속에는 도망칠 생각밖에 없었다. 내가 해석할 수 없는 모든 사물로부터 도망치기로 했다…… 아마오가 잠든 틈을 타 나는 내 손을 꼭 잡고 있는 그녀의 손을 풀었다. 그리고 아무 말도 하지 않고 떠났다.

과거에 아마오는 항상 내게 물었다.

"왜 네 왼쪽 눈이 오른쪽 눈보다 아름다운 거지? 어째서 왼쪽 눈은 꿈속 같은 표정을 품고 있는 거야? 어째서 말로 형용할 수 없는 아름다움을 갖고 있는 거냐고?"

나는 웃었다. 사실 그 감동적으로 아름다운 왼쪽 눈은 심각한 약시 때문에 곧 시력을 잃을 예정이었다. 또 이른바 꿈결 같다는 눈빛은 슬픔 때문이었다. 생명의 끝에서 있는 힘을 다해 남아 있는 빛을 터뜨리고 있는 것뿐이었다.

그래서 나는 줄곧 한쪽 눈으로만 사물을 바라보았다. 자신이 보고 싶은 것만 보고 자신이 받아들일 수 없는 것은 완전히 무시해버렸다. 그러다가 사실이 속속들이 다 드러나면 그제야 나 자신에게 받아들일 힘이 없다는 것을 깨달았다.

아마오, 나를 잊어줘! 나는 네 사랑을 받을 자격이 없는 사람이야. 나는 그저 세속적 관념과 사회규범에 얽매인 사람일 뿐이라 주관도 없고 나 자신이 진정으로 필요로 하는 것이 뭔지도 몰라. 네 진하고 두터운 사랑을 받아들일 자격이 없는 사람이야.

나는 아무런 능력도 없어.

저녁 5시 무렵 천장에서 옆집 사람들이 밥하고 음식 만드는 소리가 들려왔다. 위층에서는 어느 집 아이인지 모르지만 큰 소리로 울러대는 소리가 들렸다. 아래층 부부가 말다툼하는 소리도 들렸다…… 오늘이 며칠일까? 아마오 곁을 떠나서, 익숙한 도시를 떠나서 이 작은 원룸으로 이사해 들어온 지 얼마나 됐을까? 통장에는 잔고가 거의 없었다. 항상 문을 잠그고 집 안에 틀어박혀 있는 것은 결코 효과적인 해결 방법이 되지 못했다. 일자리를 찾아야 했다.

딩동, 딩동, 딩동, 초인종이 울렸다. 누구지?
"전기요금 받으러 왔습니다."

문을 열자 남자는 좁은 문틈을 비집고 안으로 들어서더니 자연스레 문을 잠갔다. 밖에서 열 수 없도록 자물쇠도 채웠다. 아주 신속하고 노련한 솜씨라 감탄하면서 바라보는 수밖에 없었다.
남자는 이어서 우미한 자세로 차가운 칼을 꺼내들었다. 그러고는 재빨리 칼날을 내 목에 가져다 댔다. 알고 보니 악한을 만난 것이었다.

남자가 답안지를 나눠주는 시험감독처럼 태연자약한 태도로 말했다.
"아주 간단해. 두 가지 길에서 선택할 수 있지.
첫째, 내가 네 몸을 칼로 마구 긋는 거야. 아주 아프겠지!
둘째, 순순히 나랑 사랑을 한번 나누는 거야. 그건 아주 짜릿할 거야."

중년의 남자는 전혀 영화에 나오는 변태색마 같지 않았다. 말을 아주 조리 있고 분명하게 했다. 심지어 얼굴에 미소까지 지었다……
나는 두 가지 조건을 저울질하려 애썼다. 어떤 걸 택해야 할까? 두 가지 조건은 서로 너무나 가까웠다. 정말로 선택하기 어려웠다!……
에이! 어떤 상황인데 아직도 이런 헛소리를 지껄이는 건가!

나는 대학 다닐 때 배웠던 여성 호신술을 이용해 그에게서 벗어날 수 없었다. 그가 문 앞을 가로막고 있었기 때문이다. 문 두 개에 자물쇠가 네 개였다. 남자가 목에 대고 있는 칼날에서 벗어난다 해도 자물쇠를 여는 동안 몇 번 칼에 찔릴 것이 분명했다.

큰소리로 살려달라고 외칠 수도 있었다. 강도야 하고 소리칠 수도 있었다! 나도 여기서 그런 소리를 몇 번 들은 적이 있다. 아무도 거들떠보지 않았다. 게다가 아주 예리하게 간 칼날은 시퍼런 빛을 발하고 있었다!

나 스스로가 나약한 사람임을 인정하는 수밖에 없었다! 정조를 지키기 위해 악한의 칼에 목숨을 잃을 수는 없었다.

나는 벽지에 얼룩이 있는 천장을 바라보고 있었다. 남자의 혼탁하고 다급한 숨소리는 그다지 실감 있게 들리지 않았다. 하체의 극심한 통증은 무척이나 낯설었다. 내 몸이 아닌 것 같았다. 나는 통증 속에서 아마오를 생각했다. 쉐를 찾지 못해 안절부절 못 하고 있을 게 틀림없었다. 쉐는 어디에 있을까! 다시 돌아갈 수 없었다. 이미 돌아갈 수 없게 되어버렸다.

남자는 바지를 다 입고는 곧장 가버렸다. 어쩌면 백치를 만난 게 아닌가 하는 생각을 할지도 몰랐다! 나는 울거나 소리 지르지 않았고 저항하지도 않았다. 그저 눈을 크게 뜨고 천장만 바라볼 뿐이었다. 얼굴에 아무런 표정도 없었다.

나는 알몸으로 침대 위에 누워 아마오의 맨 처음 입맞춤을 생각했다. 내 몸에 입을 맞췄다. 깃털이 어루만지고 지나가는 듯한 촉감의 기억이 새로웠다. 너무나 짜릿했다! 몸이 녹는 것 같았다…… 나는 자통이 지속되는 음부를 만져보았다. 내가 원하던 것은 남자가 아니었던가? 아마오 곁을 떠난 이유는 그녀가 진정한 남자가 아니었기 때문 아니던가?

나는 미친 사람처럼 웃었다. 미친 듯이 웃었다. 아주아주 오래 웃었다. 웃음이 영원히 멈출 것 같지 않았다……

20

눈에 보이는 대로 아무 가라오케에나 들어가 도우미, 공주가 되었다. 하이힐을 신고 쟁반을 든 채 남자들 사이를 드나들었다. 팁이 눈처럼 쟁반 위에 뿌려졌다…… 충분한 돈을 벌면 술집에 죽치고 들어앉아 술을 마셨다. 신이 나면 지폐를 찢으면서 놀기도 했다. 집에 돌아가기 싫으면 마음에 드는 남자를 하나 골라 함께 밤을 보냈다! 돈을 다 쓰면 또다시 가서 벌면 됐다. 남자와 자는 것도 눈만 질끈 감으면 그만이었다.

이렇게 나 자신을 짓밟았다. 과거의 모든 기억을 짓밟았다.

남자를 만나면 얼마나 오래 함께 시간을 보낼 수 있을까?

펍에서 만난 사람이 있었다. 그는 맞은편에 앉아 나를 한참이나 쳐다보았다. 왜소하고 땅딸한 체형의 중년 남자였다. 생긴 건 그리 나쁘지 않았지만 머리숱이 좀 적었다.

오래 연습하다가 마침내 무대에 오른 연기자처럼 그는 상당히 진지하고 조심스럽게 대사를 읊었다.

"젊은 아가씨가 술을 그렇게 많이 마시는 건 좋지 않아요!"

멍청한 소리!

"그럼 설마 이런 자리에 와서 소고기 국수를 먹어야 되는 건가요?"

나는 그를 향해 담배 연기를 내뿜었다. 그는 어투를 부드럽게 하려는 듯 미소 지었다.

"그 말을 들으니까 아가씨를 모시고 소고기 국수 먹으러 가고 싶군요!"

새벽 1시에 소고기 국수를 파는 집이 있을까?

차를 몰고 소고기 국수를 전문으로 파는 식당을 찾아갔다. 당연히 이미 문을 닫은 터였다. 그는 죽어라고 문을 두드렸다. 옆집에 사는 사람이 먼저 창문을 열고 심한 욕설을 퍼부어댔다. 이어서 뚱뚱한 노인 하나가 밖으로 나왔다. 역시 화가 잔뜩 나 있었다.

"제발 부탁입니다. 제 딸이 내일 미국으로 유학을 떠나는데 갑자기 소고기 국수가 먹고 싶다는 겁니다. 계속 소고기 국수를 먹어야 한다면서 잠잘 생각을 안 하네요!……"

정말로 소고기 국수를 먹었다. 식당 주인의 비위를 맞추려 무진 애쓰는 걸 보니 함부로 허튼소리를 하는 사람은 아닌 듯했다.

소고기 국수를 다 먹고 나면 뭘 하고 싶은 것일까? 설마 아침 조깅이라도 하러 가고 싶은 것일까?
"저랑 침대에 오르고 싶으시겠죠!"
내가 말했다. 이런 일은 너무나 많이 봐왔다. 그런데 한밤중에 소고기 국수를 사주겠다고 데려가는 건 처음 있는 일이었다.
"솔직히 말하면 그러고 싶지는 않아요. 얘기를 좀 나누고 싶어요. 나는 비정상인 사람이 아니에요! 나이가 마흔다섯이긴 하지만 여전히 발기할 수 있어요. 매번 30분 정도는 유지할 수 있다고요.
하지만 지금은 정말로 얘기를 하고 싶어요. 방금 아가씨가 술을 마시는 모습을 보고는 정말 마음을 놓을 수 없었어요. 사흘 연속 아가씨를 지켜봤거든요. 자살을 결심한 여자 같았어요. 눈빛이 너무나 절망적이지만 귀여운 모습이더군요! 하지만 술을 그렇게 마시면 정말 안 좋아요!"

에이, 말 많은 사람이었군. 하지만 정곡을 찌르는 말이었다.
문득 예전에 읽었던 『호밀밭의 파수꾼』이 생각났다. 그는 파수꾼일까? 항상 세상의 주변부에서 넘어지고 있는 아이 같은 나를 보호하기 위해 온 사람일까? 그렇다면 같이 있기로 하지 뭐! 잘생기지 않은 나이 든 남자이긴 하지만 그는 내게 묘하게 편하고 안전한 느낌을 주었다. 나는 지쳤고 어딘가에 기대고 싶은 마음뿐이었다.

"왜 저랑 함께 있으려는 건가요?"

"아가씨가 망가질까봐 두려워서 그래요."

남자가 말했다.

저에 대해 아시는 게 있나요? 저는 그저 용기 없는 아이일 뿐이에요. 마음속으로 사랑하는 사람에게 상처 주고 수많은 실수를 저질렀지요. 왜 아직도 살아 있는 건지 저 자신도 모르겠다니까요.

"아가씨가 그렇게 죽어라고 자신에게 상처를 준다고 해서 무슨 소용이 있겠어요? 죽은 사람은 살아 돌아올 수 없고 상처 입은 사람은 그냥 상처를 겪은 것뿐이에요. 이미 지나간 일이지요. 살아 있는 사람들은 따스함을 얻고자 하지만 따스함은 쉽게 얻어지지 않지요. 어떤 사람에게 좋은 일이 생길까요? 절대로 사정이 바뀌지 않을 거라고 누가 단언할 수 있겠어요?"

그래요? 좋은 일은 어디에 있나요?

"자신의 마음에 물어보세요!"

21

이 남자를 알게 된 뒤로 광고회사에서 일자리를 찾았다. 월급은 가라오케에서 벌던 액수의 절반에도 못 미쳤다. 그래도 술을 좀 덜 마시면 될 일이었다.

다시 붓을 들었다. 무미건조한 영화 간판을 그리기 시작했다. 반복해서 나타나는 꿈속 풍경을 그리기도 했다. 꿈속의 얼굴은 그토록 분명한데 감히 그녀의 이름을 부를 수가 없었다.

누구일까? 아직 나를 기다리고 있을까? 나는 귀를 종긋 세우고 경청했다. 심장은 두근거리기만 할 뿐 대답이 없었다.

고양이 가게의 그 고양이를 본 순간 비로소 깨달았다. 내가 줄곧 그녀를 그리워하고 있었다는 것을. 아마오가 갖가지 형상으로 변해 내 생활 속에 나타났다. 내가 나 자신에게서 완전히 도망치지 못하게 하기 위해서였다.

현상에 직면하여 전면적으로 신생활 운동을 펼치기로 했다. 그 결과 고양이를 키우다 죽이고 말았다.

"전염병 때문이었어. 처음부터 의사를 찾긴 했지. 아무래도 고양이가 죽은 걸 네 탓이라고는 할 수 없을 것 같아!"

남자는 나를 꼭 안고 볼에 입을 맞췄다.

"주사를 맞자. 의사가 주사를 놔줄 거야. 네 우울한 상처를 치료해줄 거라고."

섹스를 하고 싶은 거로군! 품에 죽은 고양이를 안고 차가운 풀밭에 주저앉았다. 이럴 때 섹스를 하고 싶은 건 지나친 일이겠지! 나는 힘껏 남자의 바짓가랑이를 잡아당겼다.

"짐승의 죽음을 대가로 뜻하지 않게 미인의 웃음을 얻을 수 있다니. 충분히 가치 있는 죽음이로군!"

그는 아랫도리를 가리고 몸을 피했다. 방금 그의 사타구니를 만졌을 때는 말랑말랑했다. 발기하지 않았다. 알고 보니 그는 그저 내 우울한 마음을 풀어주고 싶었던 것이다. 나는 빙긋이 웃었다. 주사를 맞자! 아주 유효했다.

그를 바라보았다. 아주 좋은 남자였다. 섹스 기교도 나쁘지 않았다. 내가 무료하고 재미없는 우스갯소리를 해도 인내심 있게 들어주었다. 나 때문에 웃을 줄도 알았다…… 하지만 나의 우울과 슬픔은 주사를 맞는 것으로 치료되지 않았다. 게다가 줄곧 남의 남편이자 아빠인 사람이 평범하고 이상할 것 없는 여자아이의 상처받은 마음 때문에 쓸데없이 시간을 낭비하게 하는 것은 정말로 말도 안 되는 일이었다!

이로 인해 내가 구원을 받는 것은 불가능했다. 오히려 다른 사람들이 고통을 당하지 않을까?

중간에 마음을 정리할 시간을 갖기로 했다.

"다른 사람으로 교체해야 할 것 같아요."

내가 말했다.

"계속 이렇게 나아가다가는 감정을 쏟는 일이 어려울 것 같아요."

"이미 감정을 쏟고 있잖아!"

남자가 버럭 소리를 질렀다.

"조용히 말해요. 온 세상 사람이 다 알게 할 필요는 없잖아요!

저도 감정을 쏟았어요. 적어도 지난 반년 동안 서로 시간을 낭비한 건 아니잖아요. 또 뭘 바라겠어요?"

남자에게 공손하게 그동안 고마웠다고 감사 인사를 건네야 했다. 그가 아니었다면 나는 일찌감치 알코올중독자가 되어 있을지도 몰랐다. 혹은 술에 취해 도랑에 빠져 죽었을지도 몰랐다. 건강하고 쾌활한 사람이 되진 못했지만 항상 단단한 발걸음으로 땅을 밟고 다닐 수 있었다. 좀더 즐겁게 살려고 노력했던 것도 전부 그 덕분이었다.

"잘 가, 쉐.

잊지 마. 모든 남자가 야수 같은 건 아니라는 사실을 말이야."

나는 기억했다. 남자를. 전혀 야수 같지 않은 그 남자를. 사실 나는 남자를 싫어하지 않았다. 단지 마음속에 이미 누구도 대신할 수 없는 애인이 자리하고 있을 뿐이었다.

아마오였다. 아마오, 이제야 알게 됐어. 분하고 억울한 일을 그렇게 많이 당하고 나서야 알게 됐어. 이게 성별의 문제가 아니라는 것을 말이야.

22

너무 오랜만이야, 아마오.

밤에는 항상 네 꿈을 꿨어. 너는 더없이 슬프고 우울한 눈빛으로 나를 바라보았지. 나로 인해 상처를 입은 거였어. 나는 네가 이미 죽었을까봐 두려웠어. 내가 마음으로 사랑하는 사람들은 전부 알 수 없는 이유로 세상을 떠났거든. 나만 외롭게 남아 어둠을 직면하게, 적막을 직면하게 만들어놓고 말이야. 나는 이미 어둠과 적막에 지쳐버렸어.

"쉐, 마침내 너를 찾았군."

그래? 너도 줄곧 나를 찾고 있었다고?

아마오의 손가락이 벌거벗은 내 척추를 타고 올라왔다. 혼자 느릿느릿 길을 걸으면서 수없이 낯선 곳을 지났다. 나는 내가 그녀를 피한 줄 알았는데 알고 보니 그녀를 찾고 있었다. 나 자신의 진정한 욕망과 감정을 찾고 있었다.

"고양이가 죽었어. 고양이가 죽었다고.

나는 정말 무능하고 나약한 사람이야!"

그녀의 튼튼하고 포근한 품 안에서, 나는 마침내 목 놓아 울고 말았다.

아주 오래, 줄곧 울고 싶었지만 온갖 어지러운 우스갯소리를 지어내면서 울음을 감췄다. 아마오, 나 정말 큰일 났어. 고통에 직면하면 내가 할 수 있는 것은 이기적으로 도망치는 것뿐이야.

사온 지 석 달이 되지 않아 고양이가 병에 걸렸다. 감기가 폐렴으로 악화된 것이다. 매일 아침저녁으로 폭우를 무릅쓰고 병원에 두 번씩 데려가 치료를 받았다. 열흘 사이에 대여섯 번이나 주사를 맞으면서 병세는 좋아졌다가 나빠지기를 반복했다. 그 의사가 내 허벅지를 만지면서 같이 침대에 오르고 싶다고 말하고서야 의사를 잘못 찾았다는 것을 알게 되었다.

다른 병원을 찾았다. 젊은 의사는 고양이를 살펴보더니 고개를 가로저었다.

"간장까지 망가졌네요. 복부에 심각하게 물이 많이 차 있어요. 이런 증상들로 보자면 '전염성 복막염'에 걸린 것 같습니다. 약으로는 구할 수 없는 병이에요."

고양이는 고통이 극심했다. 몸이 심각한 황달로 허옇게 변했다. 이미 열흘째 음식을 먹지 못하고 있는데도 배는 갈수록 커져만 갔다.

"하루하루 억지로 연명하느니 차라리 안락사를 시키는 게 어때요?"

의사가 내게 물었다. 고양이 자신은 어떻게 생각할까? 알 수 없었다.

점적 주사를 놓고 나니 고양이는 더 고통스러워했다. 배에 찬 복수가 흉강을 눌러 숨 쉬기가 어려웠다. 고양이는 입을 벌려 애원하면서 진료대 위에서 데굴데굴 굴렀다……

고양이가 고개를 들어 나를 바라보았다. 빛을 잃은 눈동자가 이미 풀려 있었다. 절망적인 눈빛이 날카로운 칼로 내 가슴을 긋는 것 같았다.

고양이는 죽고 싶은가봐! 너무 고통스러워하네. 내가 어떻게 해야 하지? 내 손으로 직접 죽여야 하나?

나는 미친 듯이 문밖으로 뛰어나갔다.

고양이는 내가 자신의 고통을 끝내주기를 원했다. 틀림없이 그랬을 것이다. 그렇게 오만하던 고양이는 분명 이렇게 처참하게 살고 싶진 않았을 것이다. 그런데 나는 왜 녀석을 놓아주지 않았던 것일까? 왜 눈을 똑바로 뜨고 그렇게 녀석의 고통을 지켜봤던 것일까?

나는 병원으로 돌아갔다. 그래, 녀석을 보내주자!

간호사가 가볍게 고양이의 등을 두드렸다. 고양이는 조용히 누워 있었다. 이미 아프지 않은 걸까?

나는 기쁜 마음에 손을 뻗어 녀석을 안았다. 집에 돌아가도 될 것 같았다. 앞으로는 먹고 싶은 건 뭐든 다 먹을 수 있을 것 같았다. 더 이상 너 혼자 외롭게 병을 앓지 않게 해줄게…… 그러나 녀석은 두 눈을 크게 뜨더니 이내 이를 드러내고 입을 일그러뜨렸다. 이미 숨이 끊어진 것이다.

죽으면서 틀림없이 나를 보고 싶어했을 거야! 고양이가 낯선 사람의 품에서 몹시 두려워했을 거야! 내가 너무 무력했어.

아마오, 내가 밉지?

23

"울고 나면 좋아질 거야. 다 지나가."

아마오가 손으로 내 턱을 받치고 한 번 또 한 번 내 눈물에 입을 맞췄다.

2년 남짓 지나는 동안 아마오는 더 수척해져 있었다. 머리도 짧게 자른 모습이 왠지 모르게 더 혼란스럽고 어지러워 보였다. 새끼 고양이 같던 눈은 더 그윽하고 깊어져 있었다. 나는 아마오의 눈 속에 있는 나를 보았다. 우리가 변했을까?

"나 밉지?"
"왜 널 미워해야 하는데?
나는 잠시도 널 찾는 일을 멈추지 않았어."

나는 정말 바보였다. 정말 바보였다. 지금 돌이켜 생각해보니 과거에 미혹되었던 것, 두려웠던 것들이 전부 말할 가치도 없는 하찮은 것이었다! 나는 두 눈을 크게 뜨고 또렷이 그녀를 바라보았다. 아마오는, 성별로 따지자면 여자이지만 생김새나 행동거지는 사회적 관점에서 남자였다. 하지만 나를 깊이 빨아들인 것은 그녀의 의연함과 강한 자의식, 야성미와 부드러움, 세밀함이 한데 뒤섞인 성격이 아니었을까? 내 눈에는 그녀가 내 애인이었다. 나를 저항할 수 없게 만드는 사람이었다. 처음 봤을 때부터 나는 이미 그녀를 사랑하고 있었다. 지금도 그녀를 사랑하고 있고 앞으로도 이런 나의 사랑은 절대로 변하지 않을 것이다……

우리는 어려서부터 사회 안에서 성장하면서 갖가지 교육과 정보, 지식의 세례를 받는다. 남성은 여성을 사랑하고 여성은 남성을 사랑하는 것이 하늘과 땅이 정한 진리이자 정의다. 인간은 개나

고양이에 대해 가족 같은 감정을 가질 수 있지만 사람이 동일한 성별의 사람에 대해 애정과 성욕을 갖는 것은 용인되지 않는다. 나는 나 자신이 한 여인을 사랑한다는 사실에 놀라움을 금치 못했다. 심지어 두려워서 도망치고 싶기도 했다. 단지 남들과 다른 사람이 되는 것을 원치 않았을 뿐인데 결과는 어땠던가? 나는 걸어다니는 시체가 되어버렸다. 가슴과 머리가 텅 빈 상태로 세상을 둥둥 떠다녔다. 이런 나를 누가 인정해주겠는가?

정말로 어리석기 그지없는 일이었다.

24

"쉐, 내가 여자라는 사실을 받아들이기 어려운가보군!

나 자신도 그래."

아마오가 나를 향해 가볍게 미소를 지어 보였다. 그 미소는 정말로 하늘이 놀라고 땅이 흔들릴 정도로 아름다웠다.

나는 그녀의 가슴을 어루만졌다. 셔츠 아래 아주 작고 부드러운 가슴이 약간 위로 솟아 있었다. 이곳이 아마오의 젖가슴이었다. 아직 보지는 못했다. 나는 천천히, 아주 조심스럽게 그녀의 셔츠 단추를 풀었다. 하나…… 둘……

"딸을 다섯이나 낳은 엄마도 명망 있는 집 딸이 아니었다면 진즉에 쫓겨났을 거야. 아빠가 독자였기 때문이지. 집안의 권세가 대단했거든!

내가 이 세상에 태어나자 엄마는 그 자리에서 사형선고를 받고 말았어.

어떻게 했을까? 은혜와 사랑으로 맺어진 부부가 갈라서야 했을
까? 시대가 어떤 시대인데 그러겠어? 하지만 정말로 그랬어. 반년
이 지나 배가 잔뜩 불러온 여자가 이사해 들어왔어. 첫째 아이는
아들이었어. 우리 엄마는 할 말이 없었지. 자신의 운세가 좋지 않
다고 여기면서 나를 데리고 친정으로 돌아왔어.

엄마는 애써 내가 여자아이라는 사실을 인정하려 하지 않았어.
결국 나는 남자아이로 키워졌지. 이상하게도 나는 생김새와 몸매,
목소리까지 완전히 남자아이 같았어. 엄마는 더욱더 만족하지 않
았어. 분명히 남자아이란 말이야! 어째서 모두들 믿어주지 않는
거야? 아빠는 나를 보고 너무나 기뻐하면서 내가 완전히 자신의 판
박이라고 말했어. 그러면서 나를 억지로 데려가 자기 집에서 살게
했지.

나는 그 집에서 남자와 여자의 대우가 하늘과 땅 차이라는 걸 너
무나 깊이 체감했어. 나는 남자의 신분으로 모든 특권을 다 누렸지.
여학교에 들어갔는데도 백마 탄 왕자처럼 대단한 환영을 받았어.

나는 진정한 남자가 되기를 갈망했어. 모든 행복과 영광이 이러
한 가상 위에 세워져 있었기 때문이야. 나는 조금만 조심하지 않
아도 아무것도 가진 게 없는 신세가 된다는 걸 알았고 몹시 두려
웠어……"

셔츠를 벗기자 아마오의 아름다운 몸이 내 눈앞에서 반짝였다.
두 개의 작은 젖가슴이 부끄러움에 떨고 있었다. 분홍빛 유두는 고
양이 코처럼 단단하면서도 민감했다. 나는 입을 살짝 벌려 아마오

의 유두를 가볍게 입안에 머금고는 오랫동안 감춰져 있던 아마오의 비밀을 빨아들였다⋯⋯

"쉐, 나는 네가 뭘 두려워하는지 알아. 나도 두렵거든.
　어쩌다 너를 만난 뒤로 이런 생각을 했어. 쉐처럼 멋진 여자아이는 남자를 좋아할 거야! 나는 모든 가능성을 다 동원해서 남자 역할을 해야 해. 그러면서도 네가 떠날까봐 몹시 걱정했지.
　왜 이렇게 널 사랑하는 걸까? 나 자신도 잘 모르겠어. 항상 오로지 너만이 내가 진실한 삶을 살아가게 해줄 수 있을 거라 생각했어. 모든 부담을 내려놓고, 가면을 벗고, 편안하고 가볍게 살아가고 싶어⋯⋯ 쉐 너도 이렇게 생각하겠지! 하지만 결과는 그렇지 못했어. 너무 많은 생각을 하다보니 거짓말을 하게 됐기 때문이지. 마음속 진정한 생각을 말할 수 없었던 거야. 그래서 둘 다 서로 상처를 입고 말았지."

　아마오의 몸은 줄곧 나의 애무를 기대하고 있었다. 내가 가서 감상해주기를 기대했다. 일찌감치 알았어야 했다. 왜 도피한단 말인가?
　나는 말을 하지 않았다. 더 이상 말할 필요가 없었다. 아마오, 너는 줄곧 어떤 사람보다 날 더 잘 알아왔어. 지금 내가 널 사랑한다는 걸 알겠지?
　"나는 처음으로 네 벌거벗은 모습을 봤지만 그 모습이 아주 익숙하게 느껴졌어. 나 자신의 몸을 보는 것처럼 친숙했지. 음부는 따스하고 촉촉했어. 나는 가볍게 빽빽한 음모를 들췄지. 나를 오래 기다렸겠지! 신비의 동혈洞穴은 샘물도 달콤하고 아름답겠지? 나는 몸을 숙여 그곳에 입을 맞췄어. 정말 미안해. 줄곧 너를 실망시켜서 말이야. 앞으로 너를 잘 사랑하고 아껴줄게. 더 이상 두려워하지 않게 말이야.

쉐, 네가 날 떠나고 나서 나는 나 자신을 직시하기 시작했어.

한 번 또 한 번 적나라한 모습으로 거울 앞에 섰지. '봐, 이게 네 몸이야. 젖가슴은 좀 작고, 허리는 너무 두꺼워. 하지만 여자야. 쉐랑 마찬가지라고. 이게 사실이잖아! 쉐는 그걸 알기 때문에 떠난 거야. 그런데 너 자신은 왜 이러고 있지?'

만일 쉐가 필요로 하는 것이 남자라면 나도 남자가 되고 싶다는 생각이 들었어. 그렇다면 가서 수술을 해야 되겠지!

쉐를 위해서라면 무슨 일이든 다 할 수 있었어. 하지만 몸이 또 다른 모습으로 변하고 두 다리 사이에 낯선 음경이 생긴다는 걸 생각하니 미쳐버릴 것만 같았지! 아니야, 나는 내 몸이 좋아. 다른 모습으로 바꾸고 싶지 않아!

처음으로 자기 몸을 사랑해야 한다는 걸 깨달았어.

너를 다시 만나고 싶었어. 너를 사랑한다고 말해주고 싶었어. 하지만 진정한 남자가 될 수는 없었어. 더는 너를 속이고 싶지 않았어. 나는 그저 아마오일 뿐이야. 쉐를 몹시 사랑하는 사람일 뿐이라고."

아마오는 계속 혼자 중얼거렸다. 나는 알고 있었다. 다 알고 있었다. 나는 발육이 왕성하던 사춘기 때처럼 무척이나 충동적이었다. 뜨거운 욕정을 억누르지 못한다는 것을 깨달았다. 아마오, 나는 너를 원해. 정말로 너를 강하게 원하고 있어.

25

"나는 진짜 여자야. 가짜라면 언제든 교환해줄 수 있어! 괜찮겠어?"

아마오가 내게 물었다. 약간 부끄러워하는 듯한 표정이었다. 내 입맞춤을 유발하는 표정이었다.

"어차피 나도 여자인걸 뭐! 설마 그게 마음에 걸리진 않겠지?"

물뱀처럼 혀가 나를 얽어맸다.

"아이 키우는 일은 어떡하지?"

"고양이를 키우면 되잖아! 스무 마리쯤 키워도 아무 문제 없어."

"집에는 어떻게 얘기할 건데?"

"식구들한테 영화 「결혼 피로연」*을 보여주면 되지 뭐! 모두들 알고 있을 거야.

지금부터 왕자와 공주는 행복하고 즐거운 세월을 보내게 된다!"

나는 손뼉을 치면서 큰 소리로 깔깔대며 웃었다.

"그렇게 간단하지 않아. 길을 가면 남들이 마구 손가락질을 해댈 거라고!"

---

* 1993년에 발표된 리안李安 감독의 타이완 영화로 타이완계 미국 이민자들의 성공담 안에 자리 잡고 있는 갖가지 갈등과 동성애 문제를 다루고 있다.

아마오가 내 머리를 가볍게 톡 쳤다.

"상관없어! 이런 일로 신문의 헤드라인을 차지하진 않을 테니까 말이야. 또다시 뜨거운 화제가 되어 총통까지 나서서 우리를 접견하겠다고 하는 일이 벌어지겠어?"

"소란 떨 것 없어. 불가능한 일이지. 지금은 우리 같은 사람들이 아주 많다고!"

"이런 문제에 더는 얽히지 말자. 어차피 남들 일이니까 말이야!"

"생각을 분명히 해야 해!"

"이미 충분히 분명하다고."

나는 몸을 뒤집어 침대 위에 누운 채로 신음을 토했다.

"왜 그래? 슬퍼서 그러는 거야?"

"슬퍼!"

"왜 슬픈데?"

"나는 섹스를 하고 싶다고! 그런데 너는 자꾸 뭔가를 물어대잖아."

우리는 미친 듯이 뒤엉켜 몸을 섞었다. 아바오는 한쪽 구석에 우아하고 여유로운 자세로 앉아 있었다.

죽은 고양이가 우리를 축복하고 있겠지! 내일부터는 사회의 눈길을 정면으로 받아들여야겠지? 아마오와 함께 집에 가서 아빠를 만나고 싶어. 죽도록 맞고 쫓겨날지도 모르지만 말이야.

상관없어. 어떻게 해도 어려움은 있기 마련이야. 모든 길은 다 걷기 힘든 길이라고! 중요한 건, 마침내 마음으로 사랑하는 사람을 만났다는 거야.

고양이가 죽고 나서…… 세상은 이렇게 바뀌었다.

후기

칭慶에게

칭, 다시 만나고 30일째가 되던 날 저녁, 너는 나를 밀어버렸어. 나를 등지고, 혼자 잤지.

왜 그랬지? 너는 대답하지 않았어.

나는 네 등 뒤에 누워 있었지만 울진 않았어. 그해에 네 곁을 떠날 때도 울지 않았는데 이제 와서 울 수는 없지. 방 안에는 사방에 빈 맥주병이 흩어져 있었어. 6년 동안 너는 이렇게 세월을 보냈지. 알코올과 싸우던 밤마다 항상 내 눈앞에서 데굴데굴 굴렀어…… 6년 동안 내가 수천 장의 원고지를 메우는 사이 너는 계속 술을 마셨지. 네가 마셔버린 맥주가 대체 몇 병이나 되는지 알아? 그 무수한 맥주 거품이 전부 네 눈물이었어.

우리는 각자 서로 다른 곳에서 소리 없는 눈물을 흘렸지.

처음에 왜 떠나야 했지? 나는 대답하지 않았어.

칭, 여자가 이렇게 또 다른 여자를 깊이 사랑할 수 있다는 사실을 나는 6년이란 세월을 보내고 나서야 알게 됐어. 사람들은 모두 이것이 착각일 뿐이라고 말하지. 사람들은 여자가 남자를 찾아 결혼하고 아이를 낳아야 행복하다고 말하지. 모든 사람이 여자들 사이에는 싸움과 시기질투, 남자를 차지하기 위한 투쟁만 존재한다고 말하지.

사람들은 또 우리 둘이 친구로만 지내면 안 되는 거냐고 묻기도 하지. 왜 굳이 사랑을 해야 하냐는 거야.

그들 모두 이해하지 못해서 그래. 나도 과거에는 이해하지 못했으니까.

진정한 감정이 성별의 문제 때문에 바뀔 수 없다는 것을 이해하지 못한 거야.

나는 일찍이 세속의 눈길이 두려워 너에 대한 감정을 피해왔어. 네 곁을 떠나고 나서는 오히려 무수한 여인의 몸에서 네 이미지를 찾았지.

죽고 싶다는 생각이 자주, 수없이 들었어.

하지만 죽기 전에 너를 꼭 보고 싶었지.

어쨌든 너를 만나지 않으면 안 될 것 같았어.

*

나는 어렸을 때 이미 너를 사랑했어. 평범하고 연약한 내 몸이 너를 둘러싼 사람들 사이에 가려져 있었을 뿐이야. 나는 그렇게 작고 눈에 띄지 않았어. 나는 네가 찬란하게 아름다운 꽃만 좋아한다

고 생각했어. 네 눈에 내가 보일 리 없다고 생각했지. 하지만 너는
그 수많은 사람 사이로 손을 뻗어 내 손을 잡았어. 너는 내가 네 친
구가 되어 너를 보살펴주기를 바랐지. 1년, 2년…… 5년, 6년……
여러 해가 지나는 동안 수많은 여자아이가 너를 사랑하면 네 마음
을 다치게 한다고 말했어. 다행히 나는 네 친구가 되어 곁에 있을
수 있었지.

우리가 열여덟 살이 될 때까지 말이야.

그날 밤, 네가 갑자기 내게 말했어.

"알고 보니 어느새 너도 다 자라서 여인이 되었네.

뜻밖에도 나는 그걸 알아채지 못했어. 줄곧 너를 어린아이로만
여겼어."

나는 줄곧 네 보호를 받는 아이일 뿐이었어. 네가 들려주는 사랑
이야기에 귀 기울이는 아주 어린 아이였지. 너를 따라다니며 여자
아이들 모임에 끼는 어린 수종 같았어……

우리는 여러 차례 가족과의 갈등 때문에 몸부림치면서 머리를
감싸쥐고 울었지. 여러 해 동안 우리는 친자매처럼 지냈고 그 어떤
사람들보다 서로를 더 잘 이해했어.

나는 그저 친구일 뿐이라고 생각했지. 가장 친하고 좋은 친구 말
이야.

하지만 넌 내게 입을 맞추고 날 사랑한다고 말했어.

나는 저항할 수 없었지.

너는 아주 조심스럽게 내 몸의 가장 은밀한 부분을 탐색하고, 일
일이 입을 맞추고 애무했어. 너의 길고 가느다란 손가락이 천천히

내 몸 안으로 미끄러져 들어왔지. 나는 아주 작게 소리를 냈어……
처음에 우리는 서로를 꼭 껴안고 몸을 밀착하는 것을 좋아했지. 서
로에게 속한 존재라는 느낌을 즐겼던 거야.

나는 그렇게 즐거웠고 그렇게 미혹되어갔어. 여자아이들 사이에
도 이런 사랑의 행위가 가능하다는 걸 몰랐어. 이게 도대체 어떻게
된 일인지 아무도 가르쳐주지 않았으니까. 나는 너에게 내 곤혹감
을 털어놓고 싶었지만 차마 그러진 못했어.

나는 어떤 것도 생각하길 원치 않았고 감히 생각하지도 못했어.
나는 그저 너에게 모든 걸 포기해서라도 지키고 싶은 애인이 있다
는 사실만 알았지. 그리고 나는 아무것도 할 수 없었어.

나는 너의 사랑을 받을 자격이 없는 사람이었어. 나는 그저 네가
이미 갖고 있는 행복을 깨뜨리기만 할 뿐이었지.

겨우 한 주일밖에 안 되는 시간에 너는 나와의 미래를 계획했지
만 나는 네게서 도망칠 결심을 하고 있었어. 너는 나를 위해 네 마
음과 모든 것을 지불했지만 나는 아무 말 하지 않고 떠나버렸어.
그저 진정한 사랑을 찾고 싶다고만 말했지.

나는 대학에 더 아름답고 드넓은 세계가 나를 기다리고 있다고
말했어.

나를 속이고 남들도 속인 거였지.

칭, 내가 모든 걸 깨달았을 때는 이미 너무 늦어버렸어. 나는 이
미 완전히, 철저히 실종되었으니까. 너는 밤마다 내 꿈속에 나타났
지만 꿈에서 깨면 너를 찾을 수 없었어.

남는 것이라곤 아무리 해도 풀어지지 않는 마음속 응어리였어.
이 응어리는 낮이나 밤이나 나를 얽어매고 괴롭혔지. 너에 대한 욕

망과 두려움이 조금씩 나를 침식하고 와해시켰어.

청, 나는 정말 후회막급이었어.

우리처럼 사랑하고 서로에게 단단히 사로잡혀 있는 사람들이 상대방의 몸에 탐욕스럽게 그리고 미친 듯이 탐닉하는 것을 이전에는 일종의 죄악이라고 생각했어.

사실 우리에게 대체 무슨 죄가 있는 거지?

알고 보니 우리 같은 사람들의 사랑이 세상에서 가장 순결하고 깨끗한 꽃이었어.

하지만 나의 나약함과 무지에 더럽혀지고 말았지.

그래서 나는 더없이 비참하고 고통스런 대가를 지불해야 했던 거야.

청, 나는 줄곧 나를 벌줬어. 끊임없이 너를 찾는 과정에서 점차 나 자신을 발견했지. 나는 내가 남자를 사랑할 뿐만 아니라 여자도 사랑한다는 걸 알게 되었어. 하지만 가장 사랑한 사람은 여전히 너였어.

나는 수많은 여인이 나와 똑같은 고통을 감내하고 있다는 걸 알았어. 수많은 여인이 우리처럼 서로 사랑하면서 기쁘기도 하지만 동시에 슬프기도 하다는 사실을 알았지.

그래서 나는 소설을 쓰기 시작했어. 한 편 또 한 편, 모든 글의 내용은 여인들 사이의 욕정과 환락, 그리고 고통이었지.

완전히 여인들의 세계였어.

전부 여인들을 위한 것이었지.

친구들은 모두 알지 못해. 그렇게 많은 남자친구를 사귀었고 꽃나비처럼 이 꽃 저 꽃을 넘나들었던 천쉐가 쓰는 소설의 내용이 어떻게 전부 여인에 대한 여인의 사랑과 욕망일 수 있는지를 말이야.

어떤 사람들은 내가 음탕하며 부도덕하다고 말하고 또 어떤 사람들은 내 소설이 책임감 없고 아무런 가치도 없다고 평가하지. 어떤 사람들은 감동하고 어떤 사람들은 저주를 퍼부어…… 대부분의 사람은 그저 고개를 가로저으며 탄식하지……

그 모든 소설이 널 위해 쓴 것이라는 사실은 아무도 몰라. 한 글자 한 구절이 전부 너에게 미처 다 표현하지 못했던 나의 감정이야.

칭, 나는 남자들과의 환락과 여자들과의 사랑, 그리고 생사의 이별을 무수히 경험했어. 그러고 나서야 마침내 너를 찾아야 한다는 걸 알게 되었지. 직접 너에게 사랑한다고 말해야 했어. 과거에 그랬던 것처럼 앞으로도 그럴 거야.

나는 이번 생에 또 다른 가능성은 없다고 생각해.

적어도 나는 소설을 쓸 수 있었어. 온 세상이 인정하지 않는다 해도 상관없어. 예전에 나는 세속의 눈길을 몹시 두려워했지. 하지만 내 소설은 반드시 더 진실하고 더 용감해야 해. 나는 언젠가는 네가 내 소설을 읽고 내가 더 이상 도피하지 않는다는 사실을 알게 될 날이 오리라 기대하고 있거든.

어쩌면 우리는 다시 만나지 못할지도 몰라. 하지만 이 보잘것없는 작품들을 우리와 유사한 처지에 있는 여인들이 읽게 된다면 우리와 똑같은 잘못을 범하진 않을 거야.

생각지도 못한 일이지만, 책이 출간되고 한 달이 채 되지 않아 기적처럼 네가 나타났어.

네가 나를 찾은 거야. 나는 이것이 또 한 번의 꿈일까봐 두려웠어.

"이번에는 진짜 현실이야."

네가 말했어.

내가 떠난 뒤로 너는 술을 마시기 시작했지. 자기 추방인 셈이었을 거야. 하지만 나는 소설을 쓰기 시작했어.

다시 만난 뒤에도 여전히 소설을 쓰고 있어. 그럼 너는?

너는 여전히 내가 또 떠나지 않을까 하는 두려움 속에서 살고 있는 거야?

여전히 알코올에 의지하며 나에 대한 사랑에서 도피하고 있는 거야?

여전히 나에 대한 네 가족과 친구들의 질책과 몰이해가 나에게 상처를 줄까봐 두려워하면서 내가 적당한 남자를 찾아 결혼하기를 바라고 있는 거야?

술을 마시고 나면 나를 떠밀면서 내가 행복을 찾을 수 있을 거라고 생각하는 거야?

칭, 그렇지 않아. 6년 전에 나는 이미 잘못을 범했어.

나를 평생 아쉬움의 한탄 속에서 살게 하지 말아줘.

칭, 네가 남자든 여자든 간에, 나는 여전히 너를 사랑해.

육체는 그저 한 겹의 살 껍데기에 지나지 않아. 하물며 성기는 어떻겠어?

남들이 뭐라고 하면 그들이 하라는 대로 하면 돼!

너를 제외하면, 나는 정말 더 잃을 것이 없으니까.

다시는 나를 밀어내지 마.

다시는 내게 상처를 줄까봐 걱정하지 마.

다시는 너 자신을 망가뜨리지 마.

나 쉐가 네 눈앞에 있잖아. 확실히 존재하고 있잖아. 과거보다 더 강인하고 더 용감해져 있잖아. 나는 나 자신의 창작과 인생이 세상의 온갖 질의에 직면해 있다는 걸 잘 알아.

그게 무슨 상관이야?

내가 지금보다 더 고통스러울 수 있을까?

그럴 리 없어. 영혼을 잃는 것보다 더 슬픈 일은 없으니까.

더 이상 나로 하여금 나 자신의 방향을 포기하게 할 수 있는 것은 없어.

1995년

어떤 악이 있다는 것인가?

—천쉐 소설 『악녀서』에 관하여

양자오 楊照

1

19세기 말(1891년) 런던에 사는 한 병리학자가 『남자와 여자의 신경 구조상의 차이』라는 제목의 의학 서적을 출간하자 출판계에서 큰 주목을 끌면서 영국뿐 아니라 유럽 전체에서 베스트셀러가 되었다.

이 책이 갖는 가장 큰 특징은 저자 해리 캠벨이 과학의 권위로써 남성은 비교적 동물에 가깝고 동물과 유사한 특징을 갖는 반면, 여성은 완전히 특이한 물종이라고 결론 내렸다는 점이다. 남녀 신경 구조의 차이는 성행위에서 가장 분명하게 드러난다. 남성은 동물과 마찬가지로 성적 충동이 있어야 성행위가 이루어지지만 여성은 꼭 그렇지만은 않다. 여성이 성욕에 반응하는지 여부는 인류 성애의 과정에서 애당초 전혀 중요하지 않았다. 이것이 캠벨 이론의 핵심이다.

같은 해에 잡지에 실린 프랑스의 한 유명 작가의 글에 "여성을 침대로 데려가려면 성을 공격하는 것처럼 해야 한다. 여기에는 세 가지 수단만이 가능하다. 첫째는 폭력이고, 둘째는 속임수, 셋째는 굶주림이다"라는 지적이 있었다. 이 말은 한동안 유럽 전역에서 크게 유행했다.

과학의 외투를 걸친 전문 서적이든 아무 생각 없이 떠벌린 한담이든 이런 주장들은 당시에 남녀의 성욕에 대한 탐구의 흐름에 적잖은 파문을 일으키면서 19세기 말 유럽인 모두가 갑자기 남녀 간의 교류 및 상호작용이 더 이상 생활 속의 이미 정해지고 주어진 given, 더 이상 사유할 필요가 없고 토론의 의미가 없는 직접적인 반사작용이 아니라는 사실을 깨달았다. 갑자기 남녀관계가 수많은 사람이 새로운 견해와 해답을 제시해야 하는 거대한 의제이자 의문부호가 된 것이다.

물론 지금 우리가 찾아보거나 읽을 수 있는 문헌들은 대부분 남성이 썼거나 말한 것의 기록이다. 그 시대 여성들의 발언권에는 상당한 제한이 있었다. 사실 우리는 캠벨과 유사한 방법으로 그 시대 남자들 마음속의 거대한 초조감을 확인할 수 있다. 남자들은 한편으로는 과거에 여성들을 대했던 권위와 주도권의 습관을 유지하고 싶어하지만 다른 한편으로는 마음이 허전해지고 자신감이 결여되는 느낌을 면치 못한다. 그래서 과학을 근거 삼아 여자란 도대체 무엇인가, 여자는 도대체 어떤 동물인가 하는 질의에 해답을 내리려 애쓰는 것이다.

사실 당시는 '남성이 여성을 발견하는' 시대였다. 19세기 전체를 관통하는 격변을 거치면서 낡은 사회질서는 가장 무정한 질의에 봉착했고 새로운 사회규범은 늑장을 부리면서 아직 형성되지 않고 있었다. 그리하여 그 틈새에 여성들이 활약할 수 있는 충분한 공간이 생겨났고 수많은 여성이 새로운 역할을 담당하게 되었다. 이러한 추세에 직면하여 남성들은 자신들이 원래 잘 알던 여성의 이미지에 뜻밖에도 일련의 낯선 움직임이 일어나고 있다는 것을 깨달았다.

낯선 느낌은 불안과 초조감을 가져다주었다. 과거에 남자들은 '여자는 원래 그런 것'이라고 생각했기 때문에 말을 많이 하지 않았다. 그러나 19세기의 남자들은 죽어라고 갖가지 방식을 이용해 '여자는 원래 그런 것'임을 증명하려고 노력했다.

사실 '여자는 원래 그런 것'임을 증명해야 한다는 것은 여자가 원래 그런 것이 아니라는 사실을 남자들이 깨달았음을 뜻했다. 이 과정에서 남자들을 가장 걱정하게 만든 것은 여성들이 사회규범 외에 확정할 수 없는 형식의 신비하고 예측 불가능한 정욕을 표현하고 있다는 사실이다. 캠벨 이론의 반대편에서 캠벨이 다급하게 부인하고자 했던 것은 "여자들에게도 정욕이 있다면 어떻게 할 것인가?" 하는 질의였고, 이는 갈수록 더 명징해지는 가설이었다.

여성에게도 정욕이 있다면 어떻게 할 것인가, 여성의 정욕은 남성의 그것과 어떻게 다른가 하는 질의보다 더 중요한 것은 여성의 정욕이 남성들에게 어떤 영향을 미치고 어떤 작용을 할 것인가 하는 점이었다.

캠벨 같은 과학자들은 이러한 큰 문제를 회피하려고 애썼다. 하지만 다른 한편에서 남성 예술가들은 새로운 방식으로 이처럼 새로운 발견을 처리하려고 시도했다. 그들은 여성 정욕의 패덕과 타락, 부패의 측면들을 늘어놓고 문자적 상상력과 회화의 실제적인 경관으로 '신여성'을 조소하려 했다. 정욕으로 충만하고 위험과 위협으로 가득해 사람들을 불안하게 하고 황급히 피하게 만드는, 심지어 빨리 없애버리지 못해 조바심치게 만드는 그런 여성 이미지를 만들어내려는 것이었다.

이처럼 이상한 세기말 여성 이미지를 전문적으로 연구하는 학자 브람 데이크스트라는 이를 '변태적 우상idols of perversity'이라고 명명한 바 있다. 이러한 문학과 회화작품에서 정욕을 품은 여인, 변태적 이미지로 조소된 여인들이 갖는 아름다움은 잠재적이면서 가장 열악한 파괴와 부패의 힘으로 작용한다. 남성들은 이러한 아름다움을 감상하고 이에 탐닉하고자 한다면 사회와 문명 전체의 쇠락과 붕괴를 대가로 지불해야 할 것이다. 이에 사람들은 겉으로는 새로 발견한 여성의 정욕을 숭배하지만 뼛속 깊은 곳에서는 가장 깊고 엄격한 견책을 가하며 여성의 정욕을 사람들을 범죄로 이끄는 사악한 힘으로 간주했다. 적어도 19세기 말 유럽 남성들의 마음은 그랬다.

이러한 사상과 표현 방식은 20세기 초에 이르러 동양에도 전해졌다. 중국에서는 장징성張競生의 『성사性史』를 대표로 하는 일련의 색정 작품들이 하나같이 기본적으로 이러한 '여성의 정욕은 사악한 에너지'라는 주장을 전파하는 중요한 스피커가 되었다. 사실 남성 작가들만 그랬던 것이 아니다. 간신히 말할 지위를 획득한 여성들은 이런 문제에 부딪혔을 때 어느 정도 같은 사고방식의 맥락을 따랐다. 딩링丁玲의 대표작인 『사비 여사의 일기』가 가장 대표적인 사례다. 여성의 정욕을 순결하고 어린 남자들과 비교하면 정욕은 경혈經血처럼 문화의 오염원polluting factors이 되기 때문에 조심스럽게 포장하지 않으면 안 된다. 때로는 도덕이나 격렬한 수단으로 제거해야 한다.

여자는 무서운 존재이고 정욕은 죄악인 것이다.

2

100년이 지나 새로운 세기말이 우리를 뒤덮고 있다.

19세기의 정욕이 풀기 어려운 문제로서 '남성이 여성을 발견하는' 단초였다면 20세기에 가장 두드러진 주제는 '남자가 발견한 남자, 여자가 발견한 여자'일 것이다.

우리는 한 세기 동안 발생한 일을 일일이 다 서술할 수 없을 것이다. 하지만 적어도 1980년대 이후에 '남자'와 '여자'의 단일 분류 개념이 각지에서 심각한 도전을 받고 있고 기존 논술의 권위와 힘을 잃고 있다는 사실만큼은 분명하게 지적할 수 있을 것이다.

간단히 말해서 과거에는 '남자'라고 할 때 대부분 단수, 즉 '어떤 남자'를 의미했다. 너도 남자고 나도 남자지만 우리 둘은 같은 유형에 속했다. 시간이나 공력을 들여 서로를 이해하려 애쓸 필요가 없었다. 자신을 보면 상대가 어떤 사람인지 알 수 있었기 때문이다.

그래서 모든 문제, 모든 이야기는 남자와 여자 사이에서만 일어났다. 한 남자와 한 여자의 일이건 한 남자와 두 여자 사이의 일이건 간에 이성의 교차관계 속에서만 신비감을 느낄 수 있고 호기심을 격발시킬 수 있었다.

1980년대 이후 가장 큰 변화는 갈수록 많은 사람이 놀라움 속에서 남자도 수천수백 가지 유형이 있고 이 수천수백 가지 유형의 남자들을 이해할 방법이 없다는 사실을 깨달으며 이를 인정하고 있다는 것이다. 동시에 남자와 남자 사이의 감정과 관계도 한 가지가 아니라 수천수백 종이라는 사실을 인식하게 되었다.

남자와 여자 사이의 로맨스는 문학작품 속에 거의 범람하고 있다고 할 수 있다. 하지만 세기말인 오늘날 우리는 문득 저 앞에 여자와 여자 사이의 정욕의 탐색, 남자와 남자 사이의 어지러운 감정의 교차라는 새로운 황무지가 펼쳐져 우리의 간척을 기다리고 있는 사실을 깨닫는다.

문학은 항상 사회적 네트워크 안에 깊숙이 빠져 있지만 동시에 사회보다 먼저 이를 초월하고 이끌어야 할 책임도 지고 있다. 남녀 동성애에 대한 민감한 관찰에서도 문학은 사회를 이끌 수 있어야 한다. 하지만 동성애는 보편적으로 수용할 수 있는 부분이 아니다. 그렇기 때문에 문학은 오히려 종종 사회적 가치를 직접적으로 반영하기도 한다. 진정한 초월의 인연이 없는 것이다.

이처럼 전진하기도 하고 움츠러들기도 하는 보수적인 이중 성격은 과거 타이완(심지어 전 세계)의 구舊동성애 문학에 독특한 미학을 조성했다. 과거의 동성애 소설은 항상 음울하고 죄악의 느낌을 동반했다. 한편으로는 동성애의 새로운 경지와 영역을 탐색하면서 다른 한편으로는 사회에 깊이 각인된 치욕과 견책 사이를 배회했던 것이다.

일찍이 린화이민林懷民*이 쓴 「앙드레 지드의 겨울」이 그랬고 바이셴융白先勇이 쓴 「적막한 17세」나 『서자孽子』는 더 그랬다.

그런데 20세기 말로 접어들면서 사회적으로 '남자가 남자를 발견하고' '여자가 여자를 발견하는' 새로운 문화가 약동하기 시작할 때 문학은 사회에 어떤 일들을 발생시킬 수 있었을까? 이는 자연스럽게 사람들에게 호기심을 갖게 만드는 문제가 아닐 수 없다.

3

1990년대 타이완 문학에는 절대로 무시되지 말았어야 할 두 작품이 있었다. 하나는 주톈원朱天文의 『황인수기荒人手記』이고 다른 하나는 추먀오진邱妙津의 『악어 노트』다. 이 두 소설은 각기 사회의 주목을 받아야 할 충분한 외곽 요소를 지니고 있었다. 『황인수기』는 타이완 문학사상 최고의 상금이 수여되는 중국시보 백만소설상 대상을 받았고 『악어 노트』는 작가 추먀오진이 대단히 드라마틱한 과정을 거쳐 파리에서 스스로 목숨을 끊었지만 이 소설이 갖는 외곽 요소의 중요성을 가리진 못했다. 『황인수기』와 『악어 노트』는 그 내용에 있어서도 각기 소멸될 수 없는 문학사적 의미를 지니고 있었다.

『황인수기』는 기존의 남녀 젠더 인상으로는 귀납되기 어려운 감정세계를 그려내고 있다. 고백체의 서술자인 '나'는 생리적으로는

---

* 유명한 무용가로 '운문雲門' 무용단의 대표이기도 한다. 1990년대 말에 커밍아웃하여 작가 장쉰蔣勳과의 관계를 밝힌 동성애 예술가로 타이완 퀴어운동에 적극적으로 참여하고 있다.

남성이지만 고백의 내용에는 겉으로 드러나지 않는 깊이와 디테일이 있다. 일반적인 개념에서는 '여성 서사'에 비교적 가깝다고 할 수 있다. 이는 작가 주톈원이 여성 신분이라는 사실과 직접적인 관련이 있을 것이다. 하지만 이 작품의 가장 성공적인 부분은 고도로 신빙성 있는 분위기를 만들어냄으로써 독자들로 하여금 남자 같기도 하고 여자 같기도 한 동시에 남자도 아니고 여자도 아닌 상태가 진실로 존재하는 것처럼 받아들이게 한다는 것이다. 이 작품을 읽으면서 여성 작가가 남성의 목소리를 흉내내다가 실패한 사례로 평가하는 독자는 없을 것이다.

추먀오진의 『악어 노트』는 동성애와 이성애에 나타나는 갖가지 감정을 명백하게 처리하면서 사회가 어떻게 일반인의 가장 내밀한 정욕의 공간에 개입하는지를 드러냄으로써 독자들로 하여금 원래는 아름다웠어야 할 사랑의 감정과 행위가 사회적 간섭으로 인해 문란하고 지저분한 패덕이자 위험의 주변부를 아슬아슬하게 걸어야 하는 몸부림의 게임으로 만들고 있는지 지적하고 있다.

『황인수기』와 『악어 노트』 이후 우리는 천쉐의 『악녀서』를 읽게 되었다. 역시 동성애라는 제재를 다루고 있으며 『황인수기』나 『악어 노트』와 견줄 때 창의성 면에서는 독자들을 완전히 만족시키지 못하더라도 바로 이런 이유로 『악녀서』가 문학과 사회의 갈등 맥락을 가장 잘 드러내는 작품이라고 평가할 수 있다.

19세기 말의 남자들은 새롭게 발견된 여성 정욕의 잠재적 에너지에 화들짝 놀랐고 이에 따라 정욕이 강한 여자에 관한 갖가지 악마화된 이미지를 만들어냈다. 마찬가지로 다른 여성들에게 내재된 정욕을 발견한 20세기 말의 여성들도 놀라움과 두려움, 적응하기 어려움에 따른 기피, 적극적인 합리화 등등 다양한 수법의 반응을 보였다.

정욕을 '악마화'하지만 동시에 이에 깊이 탐닉하는 것이 첫 번째 수법이었다. 두 번째 수법은 정욕을 다른 충동으로 전환하거나 다른 추구의 집착으로 변형시키는 것이다. 이밖에 분명히 실제로 존재하는 생활을 신비화하고 의식주 같은 기본적인 생활 디테일을 생략함으로써 특정한 시공의 정점이 없는 보편화된 이야기로 만드는 수법도 있다. 이는 또 다른 도피의 형태라고 할 수 있다.

이러한 수법들이 『악녀서』의 골간을 이루면서 이 책에서 가장 주의할 만한 부분, 가장 미혹적인 부분을 이루고 있다. 하지만 이는 동시에 앞으로 천쉐 문학의 발전에 중대한 장애물로 작용하지 않을까 걱정되기도 한다.

우리가 『악녀서』에서 볼 수 있는 여성 동성애 감정들은 거의 전부가 의도적으로 사회적 맥락을 피하지만 사회적 간섭을 피하려 할수록 오히려 사회의 노예로서의 일면을 드러내고 만다.

천쉐의 작품에서 모든 여성 동성애의 정욕은 죄악의 느낌으로 가득하다. 사실 이러한 느낌이 호소하는 것은 배후에서 분명히 말하지 못하는 사회적 제약으로서 이야기의 주인공들과는 아무런 필연성을 갖지 못한다.

또한 형식에 있어서 이 네 편의 소설은 일관되게 일인칭 고백체의 서술 방식을 취하고 있고 다른 변화의 시도는 보이지 않는다. 천쉐의 고백체는 표면적인 형식일 뿐, 서술자는 그럴듯하게 자신의 생각과 행동을 진술하게 서술하고 있다. 아주 솔직한 실제 이야기인 것처럼 느껴진다. 하지만 뒷부분에 이르면 우리는 텍스트 안에 강력한 장력이 내재되어 있다는 것을 알게 된다. 다름 아니라 서술자의 의식과 잠재의식의 충돌이 만들어내는 장력이다. 서술자가 진지하게 진실을 털어놓고 있는 것처럼 보이는 고백은 사실 허위의식에 지나지 않는다. 진정한 마음속 의지는 억압되고 왜곡된 채 텍스트의 행간에 묻혀 있다. 그리고 이러한 억압의 근원은 당연히 개인이 아니라 사회다.

천쉐는 여성 동성애에 천착해 글을 쓰고 있지만 여성의 동성 정욕은 그의 소설 속에서 이유가 충분하고 떳떳한 합법성을 결여하고 있다. 그는 습관적으로 동성애를 모정과 결합된 허구(「천사가 잃어버린 날개를 찾아서」) 혹은 나르시시즘적인 자기애의 화신(「밤의 미궁」)으로 투사하고 있다. 천쉐는 책 전체에 걸쳐 여성 동성애를 쓰고 있지만 매우 기괴하게도 여성 동성애 정욕의 실질적 자체lesbianism per se를 부인한다.

천쉐는 또 자신이 생활하고 있는 세계에서 멀리 떨어진 이질적 공간을 만들어내 여성 동성애 이야기를 멀고 신비한 곳으로 옮겨놓는 데 탁월하다. 가장 분명한 사례는 두말할 것 없이 「색다른 집」이다. 천쉐는 중남미에서 유행했던 마술적 리얼리즘을 차용하면서 여기에 모옌莫言이나 한샤오궁韓少功 같은 중국 작가들의 소설에서 흔히 볼 수 있는 시골 분위기를 가미해 낯선 '이국적 장소'를 만들어낸다. 장소에서 '다름異'을 강조할 뿐만 아니라 심지어 정신의 경지에서도 그 '다름'을 확인시키려 노력하는 것이다. 작품에 등장하는 거의 모든 서술자가 이성과 광기 사이의 위험한 경험에서 줄타기를 하지만 천쉐는 「밤의 미궁」에서 좀더 솔직하게 서술자로 하여금 정신병원에 갇히는 경험을 이야기하게 한다.

그렇다면 왜 여성 동성애 정욕을 일상의 경계에서 멀리 떨어뜨려놓아야 하는 걸까? 설마 천쉐의 이처럼 강렬한 이질 도피escape by way of exotcism가 바르지 못한 사회규약의 거대한 음영을 반영하는 것일까?

4

『악녀서』는 여성 동성애자들을 이 세기말의 '변태적 우상'으로 빚어내고 있다. 문학적 각도에서 볼 때 천쉐가 여성 동성애의 추락과 위축, 공황恐慌을 이처럼 힘차고 통쾌하게 그려낼 수 있다는 점에 대해서는 긍정적인 평가와 함께 박수를 보내야 마땅하다. 하지만 사회적 시각에서 볼 때는 깊은 우려를 갖지 않을 수 없다.

여성 동성애에 대한 차별과 반대는 여성 동성애자 본인들의 죄악감으로 내면화되고 있다. 이런 점에서 우리는 또다시 기존의 낡은 도덕의 굴레에 갇힐 수 있고, 또 한편으로는 여성 정욕에 대한 더 넓은 이해의 길을 막는 우를 범할 수도 있다.

사실 여성 동성애자들에게 무슨 악이 있겠는가? 여성의 정욕에 무슨 악이 있단 말인가? 진정한 악은 수없이 누적된 비리사회의 통제가 아닐까? 사회적 통제라는 실질적 상황을 피하기 위해 한구석에서 자기만의 허위의 의식세계를 만들어야 한다면 이는 필연적으로 문학 작가의 창작을 파괴하고 망가뜨리는 힘으로 작용하게 될것이다.

천쉐는 절대적으로 풍부한 잠재적 창의력을 지닌 작가다. 우리는 그가 이 사회를 피하지 않기를 바란다. 어차피 이른바 '창조'라는 것은 기존의 틀을 뚫고 나와 드러내며 대조하는 것이기 때문이다.

『악녀서』에 무슨 악이 있단 말인가? 천쉐의 다음 소설집에서는 좀더 당당하고 떳떳한 작가와 배역들을 만날 수 있기를 기대한다.

1995년 8월 타이베이 와이솽시外雙溪에서

어떤 유형의 정체성도 존중되어야 한다

8년 전 타이베이에 있는 대학에서 한 학기 동안 객원교수로 근무했다. 매주 강의가 열 시간이나 되다보니 강의 준비와 밀린 번역 작업 때문에 그다지 자유롭지 못한 세월이었다. 공휴일이었던 그해 어느 가을날 정오쯤 시내 한가운데에 있는 중정中正기념당 앞을 지나가다가 갑자기 란제리 차림에 괴상한 화장(분장에 더 가까움)을 하고 나타나 인사를 건네는 나이 든 남녀를 만났다. 놀라움과 호기심에 눈으로 그들이 가는 길을 따라가보았다. 멀리서 엄청난 규모의 가두행진이 보였다. 처음 경험하는 퀴어 축제였다. 행렬에는 젊고 건장한 남자도 많았고 인생의 내리막길을 걷고 있을 법한 노인들도 있었다. 서로 전혀 어울리지 않아 보이는 여자와 여자가 팔짱을 끼고 걷는 모습도 보였다. 동성애자들 집단을 처음으로 직접 만나는 자리였다. 그 뒤로 조금씩 그들의 성性과 생활에 관한 궁금증이 증폭되어갔다. 이미 동성애를 주제로 깊이 있는 관찰과 인터뷰를 소설로 옮긴 주텐원의 『황인수기』를 번역한 뒤였다.

다시 몇 년이 지나 천쉐를 만났다. 그의 산문집 『연애수업戀愛課』을 한국에 소개하기 위한 저작권 계약을 위해서였다. 우리는 타이완대학 근처 카페에서 만나 적잖은 얘기를 나눴다. 정감이 많은 사람이라는 인상을 받았다. 어떤 이유에서인지 그 책은 출간되지 않았지만 그사이에 그의 다른 책 세 권이 한국 독자들에게 소개되었다. 덕분에 역자이기 전에 먼저 열렬한 독자로서 그의 글을 만날수 있었다. 그의 작품에 대한 열독과 번역을 통해 확인할 수 있었던 사실은 그가 누구보다 치열하게 사는 사람이라는 것이었다. 자신의 삶에 투철해 사유 및 행위의 출발과 과정, 목적이 수미상관하는 사람이었다. 그는 동성결혼이 법적으로 허용된 자유중국 타이완에서 첫 번째 동성 혼인신고를 하고 당당하게 함께 살고 있는 1호 부부이기도 하다. 다산 작가로 활발한 문학 활동을 하지만 그는 어느 자리에서도 동성애를 권유하거나 예찬하지 않는다. 동성결혼은 자신의 삶이지 타인이 개입하거나 타인에게 권유할 성격의 어떤 가치는 아니기 때문이다. 동성애는 존재이자 삶이지 선택 가능한 가치나 이념이 아니다. 그의 동성애를 작품에서만 체험하고 이해할 수 있는 이유도 바로 여기에 있다.

최근에 우리나라의 여러 도시에서 열리는 퀴어 축제 역시 타이완과 규모가 비슷한 것 같다. 타이완의 퀴어 축제와 다른 점 하나는 축제장 인근에 이들의 축제를 방해하고 심지어 저주하는 더 큰 규모의 집단이 몰려 있다는 것이다. 그들은 자신의 역사적, 종교적 신념에 근거해 동성애자나 양성애자, 성전환자 등 성소수자들의 정체성을 인정하지 않는다. 인정하지 않는 것은 개인적인 생각이기 때문에 문제 될 것 없다. 하지만 성소수자들에 대한 깊은 이해 없이 그들의 정체성을 부정하고 저주하는 행동은 지극히 이기적이고 반사회적인 폭력이 아닐 수 없다. 이는 자신의 신념에 근거해 타인의 존재와 삶을 부정하는 태도로서 마땅히 지양되어야 한다. 이런 태도가 행동으로 나아갈 때에는 반드시 그에 대한 책임도 뒤따라야 한다.

지난해 타이완의 동성애자 작가인 천쓰훙陳思宏의『귀신들의 땅』을 번역하면서 성소수자들의 고통과 억울함을 더 깊이 이해하고 실감하게 되었다. 그 과정에서 문득 우리 사회는 유난히 소수자들에 대해 잔인하고 무관심하며 인색하다는 생각이 들었다. 소수자라 집단적 힘을 발휘하지 못해서 깔보는 걸까? 성소수자들이 무조건 에이즈를 상기시키기라도 한단 말인가? 왜 5·18 민주화운동 같은 국가의 슬픈 역사와 아픔에는 공감하면서 성소수자들 같은 개인에 대한 차별과 억압, 폭력에는 공감하지 못하는 것일까? 정치적 이념이나 가치가 아니라서 그럴까? 이 책을 번역하면서 머릿속으로 나 자신에게 수많은 문제를 제기했다. 천천히 적확한 해답을 찾고 바람직한 태도를 모색해볼 생각이다.

지난 몇 년 동안 우리 독서계에 소개된 타이완 소설에는 이른바 '동지同志문학'으로 분류되는 동성애 주제 소설이 많았다. 주톈원의『황인수기』를 비롯해 바이셴융의『서자』, 천쉐의『같이 산 지 10년』과『마천대루』, 추먀오진의『악어 노트』와『몽마르트 유서』, 천쓰훙의『귀신들의 땅』과『67번째 천산갑』 등이 있다. 타이완에서는 500쪽이 넘는 분량의『동지문학사』라는 책이 출간되어 성소수자 문학의 공개된 전통을 자랑하기도 한다. 동지문학의 본질은 동성애와 소수자라는 두 요소만을 집중적으로 사유하는 것이 아니라 인간의 정욕과 관능이라는 문제에 대해 질의하는 중요하고도 본질적인 미학의 영역이다. 천쉐의 이 오래된 소설집이 줄곧 화제의 중심에 서는 이유는 성적 정체성이 다른 사람들의 소외가 사유의 초점이 아니라 인간의 정욕과 관능이라는 문제에 대한 색다른 해석을 제시하고 있기 때문일 것이다.

다음 주에 천쉐를 만날 예정이다. 그의 문학과 생활과 노쇠에 관해 질의하면서 오랜만에 얼굴을 마주하여 사는 얘기를 나눌 생각이다. 물론 이 소설집을 번역하면서 느꼈던 다양한 소회도 주고받을 것이고 또 다른 작품의 기획도 거론할 것이다. 올해 서울국제도서전에는 천쉐가 처음으로 한국을 찾는다. 문학은 소비이기도 하다. 한국의 훌륭한 문학 소비자들에게 천쉐라는 상품이 크게 환영받는 계기가 되기를 기대한다.

2025년 4월 18일 타이베이 루저우蘆州에서

악녀서

초판인쇄 2025년 6월 6일
초판발행 2025년 6월 13일

지은이 천쉐
옮긴이 김태성
펴낸이 강성민
편집장 이은혜
마케팅 정민호 박치우 한민아 이민경 박진희 황승현 김경언
브랜딩 함유지 박민재 이송이 김희숙 박다솔 조다현 김하연 이준희
제작 강신은 김동욱 이순호

펴낸곳 (주)글항아리 | 출판등록 2009년 1월 19일 제406-2009-000002호

주소 10881 경기도 파주시 문발로 214-12, 4층
전자우편 bookpot@hanmail.net
전화번호 031-955-2689(마케팅) 031-941-5161(편집부)
팩스 031-941-5163

ISBN 979-11-6909-397-2 03820

www.geulhangari.com